魔女様
forest witch
シルヴァ
silva
アーサー
Arthur
リティリア
Ritiria
エルディス
eldis

bitter knight & the sweet cafe
illustration:shoji

鬼騎士団長様がキュートな乙女系カフェに毎朝コーヒーを飲みに来ます。
……平凡な私を溺愛しているからって、本気ですか？

Bitter knight & The sweet cafe

written by sora Hisame
illustration by shoji

1

氷雨そら

ill.しょうじ

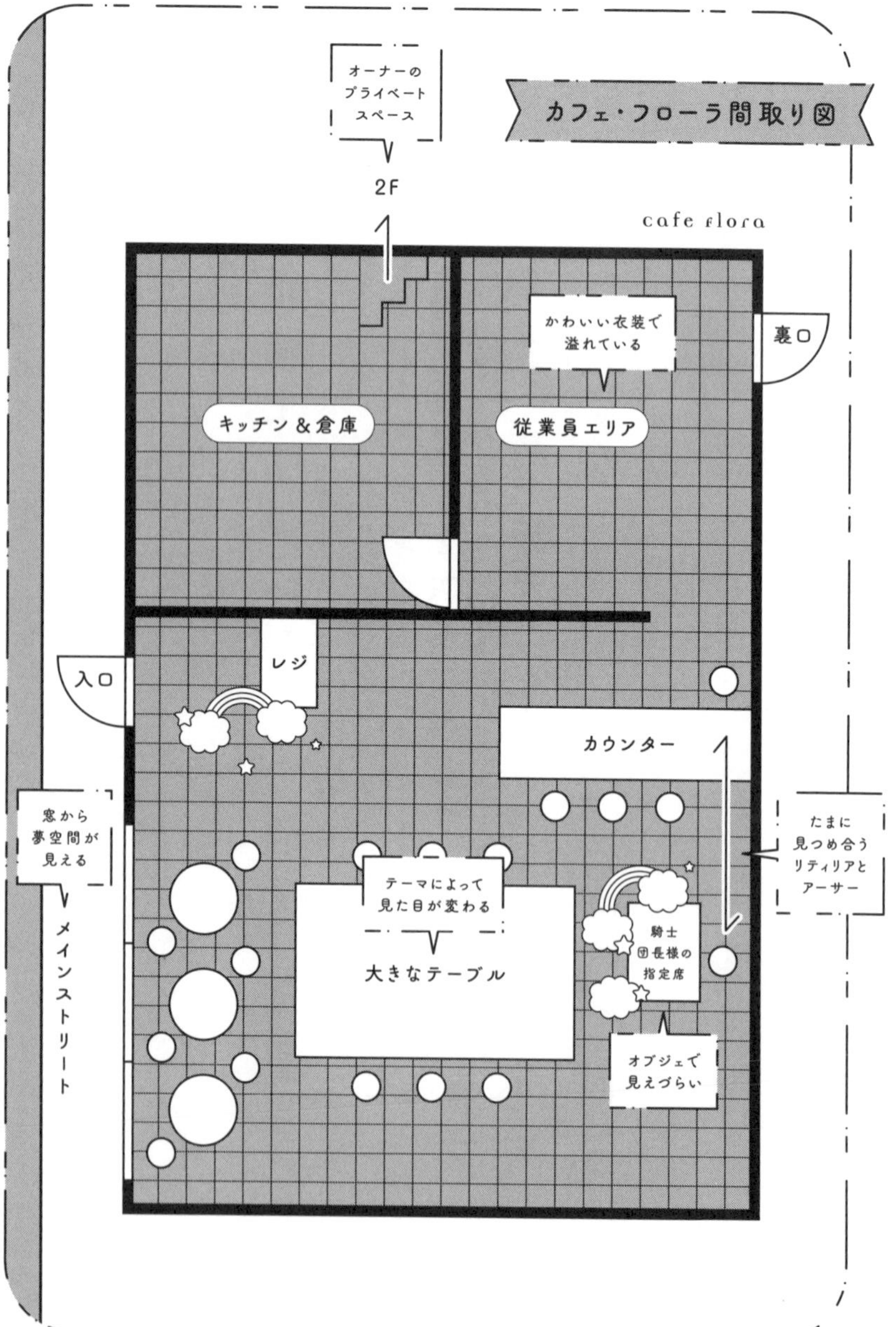
カフェ・フローラ間取り図
cafe flora
オーナーのプライベートスペース
2F
かわいい衣装で溢れている
裏口
キッチン＆倉庫
従業員エリア
レジ
入口
カウンター
窓から夢空間が見える
メインストリート
テーマによって見た目が変わる
大きなテーブル
たまに見つめ合うリティリアとアーサー
騎士団長様の指定席
オブジェで見えづらい

MENU

一皿目

鬼騎士団長様と乙女系カフェ

Bitter knight &
The sweet cafe

乙女が愛する世界観。そんなコンセプトを持つカフェ・フローラはリボンやお花、パステルカラーやレースであふれた幻想的な空間だ。

本日のテーマは『雲の中の虹と妖精』。

オーナーが集めてきたモコモコした雲は本物で、虹ももちろん魔法で固めて持ち込んでいる。

店員の衣装はその日のテーマに合わせて変わる。

今日の衣装は、小さな羽が生えた水色のワンピースに真っ白なエプロン。世界観を何よりも大事にしている夢空間。それが、カフェ・フローラだ。


可愛いものが大好きなお客様であふれる店内は、早朝とあってまだ誰もいない。

本日最初のお客様は、全身黒ずくめで相手を見下ろすくらい背が高い。

そのお客様はカフェ・フローラの夢空間に違う次元から紛れ込んでしまったようでもあり、おとぎ話の世界に姫を助けに来た騎士様のようでもある。

そのお客様に近づいて微笑みながら声をかける。

「いらっしゃいませ」

「ああ……」

がっしりした肩から鍛えられていることが一目でわかる。

視線は鋭いけれど、その瞳は南の海をすくってきたようなエメラルドグリーンをしている。

日に焼けた肌と黒髪が精悍な印象を与える騎士様。

彼は少々強面《こわもて》だけれど、ものすごい美貌の持ち主だ。

……街で見かければ二度見してしまうほどカッコいいお客様。

けれど周囲のテーブルは、いつも空席のままだ。

いつものようにオブジェの陰になって目立たない席にご案内すると、慣れた様子でお客様は座った。

「……コーヒーをブラックで」

そのお客様が頼むのは、決まってブラックコーヒーだ。

森の魔女様から手に入れた七色のサクランボが浮かんだソーダにも、オーナーが魔法を使って本気で集めてきた星屑の光を封じ込めたゼリーにも見向きもしないで、いつも頼むのはブラックコーヒーだけなのだ。

「かしこまりました」

早朝は空《す》いているため、店員は淡い茶色のふわふわした髪に大きくて丸い淡い紫の瞳をした、ちょっと訳ありなことを除けば平凡な私しかいない。

「あの……。甘いものはお嫌いですか？」

「……いや。嫌いではないが」

「これ私が作った試作品なんです。いつも来ていただいているからサービスです」

トレーの上に載っているのはコーヒー、そして可愛らしいピンクの小皿に載せられた、妖精が好むという木の実を混ぜ込んだクッキー。

このクッキーは甘さが控えめで、男性のお客様にも好評だ。

「────君が作ったのか？」

「え、あ、はい。こう見えて店内のお菓子は半分くらい私が……」

「そうか」

それだけ言ってお客様は、クッキーを一口で頬張った。すぐに口の中のクッキーは消えて、もう一枚も口の中へ消えていった。

「うん、美味《うま》い」

その言葉とともに少し緩んだ口元を見ているうちに、私の頬は熱を帯びていく。

笑った顔が想定外に可愛すぎて、どんな表情をすれば良いのかわからなくなる。

「良かったです……」

「ごちそうさま。……リティリア嬢」

普段の厳しい表情、どう見てもこの店には不釣り合いな長身と鍛え抜かれた体。

けれどいつだって所作も、食後の挨拶も美しい。そして時折見せる柔らかな笑顔。

早朝に訪れる常連のお客様は泣く子も黙る王国の鬼騎士団長、アーサー・ヴィランド様なのだ。

「えっ、騎士団長様に、な、名前……呼ばれた!?」

去っていく背中は、いつものようにあっという間に街中に消えていった。

鬼騎士団長様と呼ばれるようなお方には似合わないこの店。

それにもかかわらず、なぜ彼は毎朝コーヒーを飲むために現れるのか……。

それはおそらく王国の謎の一つだろう。

「……確かにうちの店のコーヒーは、とっても美味しいけれど。それとも可愛いものがとてもお好きだとか？」

お客様がひとときいなくなった店内。

早朝から働いていた私は、騎士団長様が好んで頼むコーヒーに蜂蜜とミルクを入れて、短い休憩を楽しんだのだった。

二皿目

銀色の薔薇と花の妖精

Bitter knight &
The sweet cafe

早朝はまばらだった店内は、昼が近づくにつれて賑《にぎ》やかさを増していく。

私だけだった店員も一人、二人と出勤してくる。

「おはよう、リティリア」

「おはよう、ダリア」

小さな羽が生えた水色のワンピース、そして白いエプロンを着こなしたダリアは、このお店で一番可愛い。

金色の髪の毛と淡い水色の瞳の彼女は、その日のテーマで変わるカフェ・フローラの制服をいつだって最高に可愛らしく着こなす。

淡いピンク色や水色があふれたキュートな店内にダリアが立っていると、それだけでお店がますます可愛らしく見えてくるから不思議だ。

初めてダリアの姿を見たとき、絵本の中から抜け出てきたのではないか、と本気で思ってしまった。

そんなダリアは、今日も朗らかな声で私に話しかける。

こんなに見目麗しいのに性格までいいなんて、もうファンになるしかない。

「今日も混んできたわね？」

「本当に。今日はとくに多いわ……」

「……ところで、いつもの騎士団長様はいらしたの？」

「……うん、今日もコーヒーを飲んでいかれたわ」

ダリアは高い位置で結んだ金色の髪を揺らして首をかしげる。

そんな仕草すら、絵にしてとっておきたくなるくらいだ。

その上、性格までいいダリアのファン一号を私は自認している。

「……本当に、お知り合いではないの？」

「……ええ。私を知っているはずないわ」

「でも、リティリアは貴族令嬢でしょう？」

「貴族令嬢と言っていいかどうか。私からすれば、騎士団長様なんて雲の上のお方だわ」

確かに私は貴族令嬢だ。

リティリア・レトリック――辺境のレトリック男爵家の長女なのだけれど、家が没落してしまい、幼い頃に結んだ婚約も一方的に破棄され、逃げるように王都に来た私が騎士団長様と知り合いになれるはずもない。

地震に干ばつにそのあとの嵐。そして、流行病……。

数年間に次から次へと災害に見舞われたせいで、実家のレトリック男爵家は完全に没落してしまった。

せめて魔法が使えたなら、もっと領地の役に立てたかもしれないけれど……。

残念ながら平凡な私は、魔力を持っていても魔法を使うことができない。

少しばかり重いため息は、白い雲と虹で彩られた店内には似合わない。

慌てて口の端を上げて笑顔になる。

「……お客様が本格的に増えてきたわね」

「そうね」

――そういえば、どうして騎士団長様は私の名前を知っていたのかしら？

確かに度重なる災害の救援のため、王立騎士団の騎士様たちがレトリック男爵領を訪れた。その中には当時はまだ隊長だった騎士団長様もいた。

もしかして、その関係で私の名前を知っていたのかもしれない。

お客様が呼んでいる。そう、この夢のような空間に人生の悩みなんて似合わない。

私はそんな考えを振り払って、ほんの少し急ぎ足で注文を取りに行ったのだった。

＊　＊　＊

そして、翌朝も当然のように騎士団長様はお店を訪れた。

いつもと違うのは、ぺちゃんと潰れたような可愛らしい顔と、くったりとした体の大きなクマのぬいぐるみを抱えてきたことぐらいだ。

……あれはもしかして、昨日から向かいの雑貨店で始まった、もりのクマさんくじ引きの特賞？

今日のテーマが『森の可愛い動物たち』だから？　……まさかね。

小さく首を振って、騎士団長様を席に案内する。

オーナーの魔法で、今日の店内は緑豊かな森の中に様変わりしている。

切り株のようなテーブルと椅子が置かれていて、周囲の緑の木々には赤や黄色の小さな木の実がなっている。

イメージに合わせた制服は、細いストライプが入った茶色のワンピースと、昨日に比べてフリルが多くてリボンが大きい白いエプロン。

私のカチューシャには偶然にも茶色いクマ耳がついている。

一瞬、私のクマ耳に騎士団長様の視線が釘付けになったような気がしたけれど、そんな視線はいつものことと言えばいつものことなので気にしないことにする。

「こちらの席にどうぞ」

「ああ……」

切り株のような椅子とテーブルに、騎士団長様を案内して座ってもらう。

いつもより少し低くて小さい椅子とテーブルは、長身の騎士団長様が座るとどこか窮屈そうだ。

「本日は何になさいますか？」

もう、『いつものでよろしいですか？』と聞いてもいいのかもしれない。

それくらい、騎士団長様はコーヒーしか頼まない。

「ああ、コーヒーをブラックで……」

なぜかクマのぬいぐるみを私の目の前に差し出しながら、騎士団長様はいつも通りコーヒーを注文した。

「え、あの……？」

戸惑う私をよそに、大きなクマのぬいぐるみは目の前に差し出されたまま動かない。

騎士団長様はどこか恥ずかしそうに私から視線を逸らしたままだ。

「あ、そうか。大きすぎますものね？　お荷物お預かりしておきますね」

こんなに大きなクマのぬいぐるみを抱えたままでは、くつろぐこともできないだろう。

気が利かない自分を残念に思いながら、クマのぬいぐるみに手を伸ばす。

そのとき、微動だにしなかったクマのぬいぐるみがピクリと揺れた。

「……あ、いや。これは、知り合いからもらった引換券でくじを引いたところ、特賞が当たってしまって。……偶然当たったもので申し訳ないが、昨日の礼として受け取ってもらえないだろうか」

「えっ、昨日……？」

——もしかして、試作品のクッキーのお礼ということかしら？

目の前のクマのぬいぐるみをそっと手にする。

ぬいぐるみは予想していたよりもずっとフワフワとしていて極上の手触りだった。

「本当に、良いのですか？」

明らかに、クッキー二枚ともりのクマさんくじの特賞は釣り合わないと思う。

けれど、騎士団長様はクマを抱えた私を見つめ嬉しそうに微笑んだ。

「……騎士団に持っていったら、周囲に冷やかされてしまうだろう。受け取ってもらえると助かる」

——それなら、このお店に来ていることだって冷やかされてしまうのでは……。

もちろんそんなこと言えないまま、今日も私はコーヒーと新たな試作品のクッキーを騎士団長様にそっと差し出したのだった。

今日も騎士団長様はクッキーを一口で食べ、次のクッキーに長い指を伸ばした。日に焼けていて、ゴツゴツしていて、いかにも剣を握る人の手という印象を受ける。

「……昨日とは味が違うのだな」

それだけ言うと、騎士団長様はパクリともう一枚も口にした。

「えっ、よくおわかりになりましたね!?」

「ん？　昨日のクッキーにはバニラのような甘い香りがついていたが、こちらは少しばかりスパイスが利いているようだ。クローブとカルダモンか？」

今日のクッキーは、昨日のレシピにほんの少しだけスパイスを足した。

よく味わえばスパイスが利いているというのはわかると思うけれど、その種類まで当てるのは難しいだろう。

「それで、あの、いかがでしたか？」

「うん……。俺はどちらかといえば、こちらの味が好きだな」

「っ……そうですか!!」

嬉しくなってしまって、素直に笑いすぎたせいかもしれない。

騎士団長様が軽く目を見開いた。

「あ、あのっ。騎士団長様が身につけておられるコロンが、スパイシーな香りだったので」

「俺の、香り？」

……ますますおかしなことを言ってしまったかもしれない。いや、確実におかしいだろう。身にまとったコロンの香りで連想したクッキーを出すなんて。

「……ふ」

美しい南の海みたいな目を軽く見開いたまま私のことを見ていた騎士団長様が、口元を押さえて小さく笑った。

「君のお菓子作りの一助になったのなら光栄だ」

「えっ、あの。ありがとうございます……？」

「礼を言うのはこちらだ。君の淹《い》れてくれるコーヒーも、そしてクッキーも、本当に美味しい」

それだけ言うと、騎士団長様はコーヒーを一息に飲み干して立ち上がる。

「また来てもいいだろうか。……リティリア嬢」

「えっ、あの！　もちろんです。もちろんお待ちしています」

「ごちそうさま」

そして騎士団長様は、私にもう一度笑いかけた。

その瞬間、なぜか店内の時が止まってしまったように、音すら聞こえなくなってしまった。

ドアが閉まる音がして、受け取った銀貨を握りしめたまま我に返ったときには、もう騎士団長様の姿はどこにも見えなかった。

＊　＊　＊

お昼のピークを過ぎて、ほんの少しだけ落ち着いた店内。ようやく私は平常心を取り戻しつつあった。

「今から、お菓子作りと在庫確認のためにバックヤードに入るね」

「わかったわ」

ダリアのカチューシャにはうさ耳がついていた。とても可愛らしく、お店に来た人たちはみんな彼女に目が釘付けだった。

同じような制服を着ても、どうして人によってこんなにも違うのだろう。

そんなことを考えながらバックヤードへと入る。

「……さあ、確認しましょう」

私はエプロンのリボンをキュッと結び直した。

昨日はとても混んでいたから、お店に出すためのお菓子作りはしたけれど在庫確認まではできなかった。

「……大変。今日中になくなってしまいそうだわ」

七色のサクランボが入ったソーダはカフェ・フローラの人気商品だ。だから、いつもすぐに七色のサクランボの在庫が少なくなってしまう。

ほかの在庫も確認していく。キラキラ輝く星屑の光も瓶の中で飛び回っているけれど数が少ない。あと数日でなくなってしまうだろう。

「七色のサクランボは帰りに魔女様の家に寄るとして、星屑の光は……」

このお店を経営するオーナーはお忙しい方だ。

――集める時間があるといいけれど……。

在庫確認が終わった私は、小さなため息をつく。

脳裏に浮かぶのは、ビターなチョコレートを喜んで食べてくださった騎士団長様だ。

「……明日は、ビターなチョコレートのお菓子をお出ししようかしら」

また明日の朝も騎士団長様が来てくれると思っていることや、すでに心待ちにしていることに気がつかないまま、私はチョコレートを細かく刻み始めたのだった。

溶かしたチョコレートは、つやつやのトリュフへと姿を変える。

私だったらもう少し甘い方が好みだけれど、ブラックコーヒーを嗜《たしな》む騎士団長様には、きっと少しビターなトリュフの方が口に合うに違いない。

「でもシンプルすぎるから、少しだけ飾り付けしようかな」

振りかけたのは、星屑の光が細かく砕けた欠片《かけら》だ。

真っ黒なチョコレートにキラキラ輝く星屑の光の組み合わせは、まるで夜空みたいだ。

……喜んでもらえるといいな。

美しい仕上がりに満足しながら在庫確認をしたけれど、今日明日中になくなりそうなのは、七色のサクランボと星屑の光だけのようだ。

「今日中に魔女様の家におじゃましないといけないわね……」

このお店で使っている食材は、手に入りにくいものが多い。

その代わりどの飲み物もお菓子も、ほかのお店ではお目にかかることができないほど可愛らしくて美味しいのだ。

制服からお気に入りのエプロンドレスの普段着に着替えて、三つ編みにしていた髪の毛を解く。

……いけない、クマ耳のカチューシャを外し忘れるところだったわ。もし、このまま外に出てしまったら相当恥ずかしい……。

クマ耳のカチューシャをロッカーに入れて、代わりにくったりとした感触のクマのぬいぐるみを取り出して大事に抱える。

「リティリア、お疲れ様！」

バックヤードにいたダリアが、裏口から出ようとした私に声をかけてくる。

「お先に、ダリア。あ、そうだ。もしオーナーがお店に寄ったら、星屑の光がもうなくなりそうだって伝えておいてくれる？」

「うん、わかったわ。リティリアは魔女様のところに寄っていくのでしょう？　気をつけてね」

「うん。ありがとう、また明日」

「また明日」

私のふわふわの髪の毛は、店の外に出た途端、風に吹かれて揺れた。

お店の中から外に出ると、いつも魔法が解けてしまったような、なんともいえない気持ちになる。

誰もいない小さな部屋に帰るのは、寂しいけれど少しだけホッとする。

私は店を出て、まっすぐ王都のメインストリートを歩いていく。

森の魔女様は白銀の髪に紫の瞳をした美しい女性だ。

魔女というと良い印象を持たない人が多いけれど、森の魔女様は優しくて美しくて悪い人には見えない。

——一部の空間がゆらゆらと揺れている路地裏。そこが魔女様の家への秘密の入り口だ。

普通の人にはその場所は見つけられないし、入ることを許されない。

けれど、カフェ・フローラのオーナーと魔女様は古くからの知り合いで、その関係で私は特別に敷地に入ることを許されている。

片足を揺らめく空気の層に踏み入れる。

「リティリア嬢!!」

「……えっ!?」

いつもの浮遊感のあとにひどく慌てた声が聞こえ、大きな手が私の手首を摑《つか》んだ。

その声と無骨な手には覚えがある。

空間が大きく歪み体中が光の粒と白い雲に包まれた直後、私たちは赤い屋根の小さな家の入り口に立っていた。二人仲良く手をつないだまま。

つないだままの手は離されることなく、ますます強く握られた。

そのあと手が離され、まるで何かから守ろうとするかのように背後にかばわれた。

「――――すまない、巻き込んだか」

「え？　あの」

苦々しげにつぶやかれた言葉に首をかしげる。

どちらかというと騎士団長様の方が、魔女様に会いに来た私に巻き込まれたのだと思うけれど
……。

「リティリア嬢、この命に代えても無事に帰すから俺から離れないでくれ」

「え？　あの」

私はただ、七色のサクランボをもらいに来ただけなのに……。

でも、そうとは言い切れないのかもしれない。

ほかの空間からは隔離されている森の魔女様の敷地。

特別なこの場所に来ていいのは、魔女様が許可した者だけだ。

「ごめんなさい……」

誰もいないことを確認してから、ここに来るべきだったのに。

オーナーも言っていたのに。魔女様を怒らせてはいけないと……。

「なぜ、君が謝る？」

「実は……」

次の瞬間小さな扉が開いて、白銀の髪に濃い紫の瞳をした美しい女性が家の中から歩み出てきた。

いつもの笑顔とは違い、その顔は北端の氷山みたいに冷たく無表情だ。

背中がぞくりと粟立つ。

「────あら、リティリアと一緒に許可していない人間も来たと思ったら、王国の栄えある騎士団長、ヴィランド卿じゃないの」

「あ、あの！」

偶然だという言い訳が通じるだろうか。魔女様は約束を守らない者を許さない。

こうなったら騎士団長様だけでも無事に帰っていただかなくてはと決意する。

それなのに、口を開こうとした私を優しく制して騎士団長様が膝をついた。

「急に訪れた非礼をお許しください。偶然だったとはいえ……。すべての責は俺が負います。どうか彼女のことはお許しいただけないでしょうか」

騎士団長様は本当に命をかけてでも私を守るつもりのようだ。

驚いた私はクマのぬいぐるみを思わず抱きしめる。

「……ふーん。ヴィランド卿。あなたほどの人が、私のような魔女に膝をつくなんてね？」

「あ、あの！　魔女様！　私の不注意で、ヴィランド様は一緒に来てしまっただけなのです！」

「あら、ずいぶん必死なのね。ま、いいわ。他の魔女だったらこの場で命がないと思うけれど、私は寛容なの」

その言葉に改めて背筋に冷たい汗が流れる。

私が知っているのは目の前にいる森の魔女様だけだけれど、人に悪意を持つ魔女も存在するのだとオーナーから聞いたことがある。

「それにヴィランド卿には、どうも願いがあるみたいだし……」

いつもは庭先で品物を受け取るだけだった魔女様の家に、初めて招かれて椅子に座らされる。

木のテーブルと椅子は、古びているけれど磨き抜かれてピカピカだ。

薬草の匂いなのだろうか、甘いような苦いような、どこか懐かしいような香りが漂っている。

「それにしても驚いたわ。まさか、こんな大物を連れてくるなんて」

「……あの、申し訳ありませんでした。お許しいただけないでしょうか」

「……そうね。あなたは無自覚で彼を連れてきてしまった。私個人としては、あなたに非はないと思っているの。でも私と関係していたのはリティリア、あなただから……。うーん。魔女との約束を違《たが》えることは、自覚する、しないにかかわらず案外重いものなのよ。あなたが払える対価……何があるかしらね……。考えてみるからこれでも飲んで待っていなさい」

目の前に出された飲み物は鮮やかな紫色で、しかもコポコポと泡立っている。

飲んでも大丈夫なのか、と心配になってしまう。

それなのに騎士団長様は迷うことなくテーブルの上に出されていた飲み物を一気に飲み干した。

それなら私も……。と思ったのに、騎士団長様は私のそばから飲み物を遠ざけてしまった。

魔女様のため息が聞こえる。

「……潔くて好感が持てるわ。でも命は大事にしなさいよ？　魔女が出したものをためらいなく飲むなんて……。毒でも入っていたらどうするの」

「入っていたとしても飲み干したでしょう」

「はぁ……。私、あなたのことも気に入ってしまったわ」

「光栄です」

「魔女に気に入られ縁を結んだ者が手に入れるのは栄光か破滅か、両極端……。ああ、でも今はまだ淡いにしても紫色の瞳を持ったリティリアと出会ってしまったのだから、遅かれ早かれあなたはそうなる運命ね」

いつもは美しいと思うばかりだったアメジスト色の瞳が、今日はひどく恐ろしく見える。

「リティリア嬢」

テーブルの下で、騎士団長様が私の手を強く握った。

「……騎士団長様？」

「——ここはすべて俺に任せてくれないか？」

「騎士団長様……わかりました」

騎士団長様には何か考えがあるのだろう。

きっとお任せした方が良いに違いない。私は彼を信じることにして口をつぐんだ。

そんな私たちの様子を見ていた魔女様が妖艶に微笑む。

「魔女様」

「何かしら、ヴィランド卿」

「勝手についてきてしまったのは俺です。ですから、どうか対価は俺に支払わせてください」

「あらあら……。他人が支払うときは、対価は割り増しなのだけれど」

「構いません」

「えっ、そんなのダメです……」

「……リティリア嬢」

握られていた手が軽く引き寄せられた。

驚いて顔を向けると、騎士団長様が軽く首を振る。

「……大丈夫だから」

「……」

ここまで厳しい表情をしていた騎士団長様が、私を安心させるように微笑む。

おそらく何度も窮地を脱してきたからなのだろう、その笑顔からは余裕が感じられる。

「話はついた？　そうであれば対価はあなたの服につけられた魔石一つ、といったところかしら」

魔女様が細い指先で、騎士団長様の制服に飾られたひときわ大ぶりの魔石を指し示した。

「承知いたしました」

騎士団長様は、赤く輝く魔石を一つ引きちぎるとテーブルの上にのせる。

ほどなくテーブルクロスに波紋が起きて、小さな黒い手が魔石を摑んで水に潜るように消えた。

なぜか魔女様が眉間にしわを寄せ、口を開く。

「……この魔石、どこで手に入れたの？」

「以前竜を倒したことがあるのですが、そのとき手に入れました」

「なるほど、竜の財宝……。竜の魔力を吸い込んでいるのね……。私としたことが価値を読み違えてしまったわ。それにしても、ここまでのものを何のためらいもなく差し出すなんて」

私が口を閉ざしている間も二人のやりとりは進んでいく。

「……対価が釣り合わないと困るのよ。お釣りは魔女の占いで良いかしら？」

「魔女様に占っていただけること、大変光栄です」

魔女様がアメジスト色の瞳をほんの少しだけ見開き、唇を歪めた。

「そうね、よほど相手が気に入らなければ披露しないわ。でも、魔女の占いはただ未来を告げるだけではなく、確約させてしまう。あなたは逃れられない宿命に縛られるわ。それでもいいの？」

「問題ありません」

「……本当にあなたは潔い人ね」

魔女様のアメジスト色の瞳が妖しく輝く。

浮かんだいくつもの小さな魔法陣。その中の一つから一枚のカードが現れる。

そこには仲良く寄り添う男女と一人の美しい女神が描かれていた。

「……あなたたちがこの場所に来たことすら、きっと必然ね」

魔女様はそのカードの意味を説明してくれることもなく立ち上がり、棚の奥から籠に山盛りの七色のサクランボを取り出してテーブルの上に置いた。

「――無事対価が釣り合って良かったわ。……これから先、魔女と関わるときは細心の注意を払うのよ?」

「肝に銘じます」

「あと、これはリティアの目当てのものよ。持っていきなさい」

「感謝いたします」

魔女様にお礼の言葉を告げた騎士団長様は、テーブルにのせられた籠を片手で持って立ち上がる。

なぜか私の手は強く握られたままだ。

「……仲が良いこと。そうそう、ヴィランド卿は私に気に入られたのだから、願いがあるときには自由に来ても良いわ。もちろん対価はいただくけれど」

魔女様の言葉が遠く聞こえなくなる。もう一度光の粒と白い雲に囲まれ、気がつけば私たちは先ほどの路地にいた。

仲が良い恋人同士のように手をつないだまま……。

「すまない……」

その言葉とともに、手が離される。……なぜなのか、少しさみしいと思ってしまった。

両手でクマのぬいぐるみを抱きしめると、くったりと柔らかく、なんともいえない安心感がある。

けれど、不思議なことにますます騎士団長様のことを意識してしまう。

「魔女様の家に用事があったのか……」

「騎士団長様、巻き込んで申し訳ありませんでした」

「勝手に足を踏み入れて迷惑をかけたのは俺の方だ。最近王都で不審な事件が多いから巡回をしていたんだが、魔法の気配を感じた先に君がいて……」

私は顔を上げてまっすぐ騎士団長様を見つめる。

騎士団長様は巻き込まれただけなのに、命をかけて私のことを守ろうとしてくれた。

「強い魔力の気配に足を踏み入れようとするから、何かに巻き込まれたのではないかと……」

しかも、あのとき手首を摑んだのは、私を助けようとしてのことらしい。

「ありがとうございます。守ってくださったこと、感謝しています」

「……当然だ」

自分よりも一般市民の身の安全を優先するなんて、騎士団長様は高潔だ。

感動して見上げた騎士団長様の耳元は、なぜか少し赤かった。

「さ、リティリア嬢。家はどこだ？　送っていこう」

「……ありがとうございます。でも、すぐ近くのアパートなので大丈夫ですよ」

「アパート……。ところで、一人で住んでいるのか？」

「ええ。ちょっと訳があって、王都には私一人で来ました」

没落してしまったレトリック男爵家には、私を支援するほどの余裕はない。

だから訳あって故郷を離れなくてはいけなくなってしまった私は、カフェで働いて自活しているのだ。

「――最近は王都も物騒だ。君のようなか弱い令嬢が一人暮らしなんて……」

「え？」

「……やはり送らせてくれ」

籠を抱えたまま、なぜかもう一度私の手を摑んだ騎士団長様が歩き出す。

歩幅の違うその歩みに追いつこうと、自然と小走りになりながら進む。

「あの、騎士団長様」

「……断るのはやめてもらえないか」

「……ふふっ。私のアパートは反対方向です」

「……そうか」

歩みを緩めた騎士団長様が振り返る。

慌てて反対方向に歩き出してしまうなんて、騎士団長様が急に可愛く見えてしまって、私はつい笑ってしまった。

騎士団長様は、そんな失礼な私を咎《とが》めることもなく口元を緩めた。

今度はゆっくり歩き出した騎士団長様と並んで歩く。

あっという間にアパートに着いてしまう。そのことが、妙に残念に思えて首をかしげる。

騎士団長様が籠を差し出しながら、まっすぐ私を見つめて口を開いた。

「また……会いに行ってもいいだろうか」

「……はい！　いつでもお待ちしています」

次の瞬間、騎士団長様は嬉しそうに笑った。

その表情はあまりに可愛らしく、かつ麗しすぎて、たぶん一生忘れることなんてできそうもない、そう思ってしまった。

＊　＊　＊

翌朝、はやる気持ちで出勤する。

「わあ!!」

店内に足を踏み入れた瞬間、目に飛び込んできたのは瑠璃色《るりいろ》の夜空と瞬《またた》く星屑の光だった。

――今日のテーマは『星空とオーロラ』らしい。

幻想的な光景の中、ロッカーを開けると魔法で作られた衣装が用意されていた。

オーロラのような薄い生地を重ねたワンピースが今日の制服だ。

……でも今日のテーマは『初恋』のはずだった。本来であれば、ピンクとフリルとハートいっぱいの空間になっていたはずなのだ。

『初恋』が『星空とオーロラ』に変わってしまったのには理由がある。

最近王都周囲は魔獣の被害が多いらしく、王立魔術師団の筆頭魔術師として団長の職に就いているオーナーはとても忙しい。

それでもなんとか星屑の光を集めてきたけれど、あまりに疲れていたらしく、集めたそれを全部こぼしてしまったそうだ。天井にばらまかれた星屑の光を捕まえられるのは、魔力が高い人だけだ。

けれどお疲れのオーナーはすでに体力も気力もなく、テーマ変更となったという。

「オーナー、大丈夫かしら。でも私はこちらの方が……」

だって騎士団長様は『初恋』がテーマのピンクの空間よりも、こちらの方が入りやすいだろう。

――見上げた星空は、本物よりもずっと近くて、今にも手が届きそうだ。

でもどんなに手を伸ばしても、飛び上がってみても、あと少しのところで星屑の光には手が届かなかった。

「これが欲しいのか？」

少し夢中になりすぎたのかもしれない。

お店にお客様が来たことに気がつかないなんて、店員失格だ。

魔力が高くなければ捕まえられないはずの星屑の光をいとも簡単に手にしたその人は、私の手にその光をそっと握らせた。

「いらっしゃいませ。あの、ありがとうございます」

「ああ……。今日は、いつもより薄暗いな？」

「はい。星空とオーロラがテーマです」

「そうか。……美しいな」

にっこりと笑った騎士団長様が褒めたのは、もちろん店内の星空のことだろう。

それともオーロラのようなワンピースのことだろうか。

それなのに、その瞳があまりにまっすぐこちらに向けられているように思えてしまい、私の頰は赤くなってしまう。

けれどこれだけ暗いのだから、きっと染まってしまった頬は、騎士団長様には見えないだろう。

「こちらにどうぞ」

「……コーヒーを」

「はい！」

急ぎコーヒーを淹れて、昨日作ったチョコレートトリュフも星の形の小皿にのせて用意する。

「……あれ？」

そんなに時間は経っていないのに、騎士団長様はうたた寝をしていた。

近づいてそっとコーヒーとチョコレートトリュフを置くと、目を覚ましたのか、エメラルドグリーンの瞳が私をぼんやりと見つめる。

「お疲れのようですね」

「ああ、夜警明けでな」

「……あれからずっとお仕事だったのですか？」

騎士団長自ら夜警をしなくてはいけないほど、忙しいのだろうか。

昨日はそんな忙しい方を巻き込んでしまったのかと、申し訳なくなる。

「……ああ、いろいろあって、な」

騎士団長様はブラックコーヒーを飲んで、ようやく置いてあったチョコレートトリュフに気がついたようだ。

「ありがとう。今日の店内にぴったりだな」

やっぱりパクリと一口でチョコレートを頬張って、騎士団長様が微笑む。

「さて、もう一仕事だ」

「えっ、まだ働くのですか？」

「……ここに寄って元気が出た。ありがとう」

そう言って忙《せわ》しなく去っていく騎士団長様の背中を、私は心配しながら見送った。

――騎士団長様はお忙しいらしい。まさか、夜警をして少し休んでそのまま仕事を再開するなんて。いったい、いつ休息を取るのだろう。

しばらく騎士団長様が出ていった入り口を眺めていたけれど、お客様が次々来店してバタバタと過ごすうちに、いつの間にか昼を過ぎていた。

「あとは、焼き菓子を作って帰ろう」

星屑の光に惹かれたのか、次々とお客様がいらしてずっと満席だったけれど、昼を過ぎた今は空席が目立つ。

ティータイムまでは、ひとときも店内も落ち着くだろう。

私はバックヤードに入り、お菓子を作り始めた。

＊　＊　＊

そしてそれから三日間、騎士団長様はお店にいらっしゃらなかった。

「どうしたのかしら」

私はただの店員で、騎士団長様はお客様。来る、来ないはもちろんお客様の自由だ。

でも、このお店に来るのが嫌になったようなそぶりはなかった。

たったあれだけの時間でうたた寝してしまうほど疲れていたのだ。きっと本当にお忙しいに違いない。

私に巻き込まれて森の魔女様の家に行ってしまったあとも、夜警をして、そのあとも仕事だなんて……。

仕事が終わっても帰る気になれず、今度こそ実現した『初恋』をイメージしたハートとフリルがデザインされた制服のまま座る。すると後ろから急に肩を叩かれた。

「ひゃ!?」

その気配に気がついていなかった私は、驚きのあまり椅子から飛び上がる。

「……ダリア?」

振り返ると、そこには心配そうな表情を浮かべたダリアがいた。

「あっ、ごめんなさい。何かあったの?」

「それはこちらの台詞よ。……ここ三日間、心ここにあらずよね」

「心配かけてごめんね」

「謝ることじゃないわ。……騎士団長様が来ないから？」

「……っ」

認めるしかない。最近私が仕事中まで上の空になってしまっているのは、間違いなく騎士団長様が来てくださらないからだ。

そんな私の反応に、ダリアは微笑むと一枚の細長い紙を差し出した。

「……御前試合？」

「もうすぐ隣国の姫君とこの国の王太子殿下は結婚するらしいわ。今回姫君が見学にいらっしゃることを記念して御前試合が開催されるの。もちろん騎士団長様も出ると思うわ」

「明日……」

「隣国の姫君は今まで何度もお忍びで騎士団の訓練を見学していたらしいわよ。王立騎士団に意中の騎士がいるという噂もあるわ」

「お忍びで見学……。意中の騎士？」

「本当に手に入れるの大変だったんだから。明日は定休日だから、騎士団長様に差し入れを持っていってきなさい」

「えっ、迷惑では」

ふふっ、とダリアが笑う。

金色の髪をハーフアップにしてピンクのワンピースを着こなしたダリアは、今日も最高に可愛らしい。

「毎日来てくださっていたのだもの。急に来られなくなったことを、きっと騎士団長様も気にしているわ。それにクマのぬいぐるみのお礼を口実にすればいいの。もし渡せなくてもいいじゃない。……会いたくないの？」

「……会いたい」

それしか答えることができなかった私は、あとでダリアにたくさん新作のお菓子を贈ろうと心に決めて、入手困難で貴重なチケットを受け取ったのだった。

＊　＊　＊

翌日。それほど数はないワンピースの中から、一番質が良いものを着る。

髪の毛は前日から巻いているからフワフワだ。

いつもは仕事だから、ひとくくりにしているか三つ編みにしていることが多いけれど、今日は鏡の前でハーフアップにする。

籠の中には小さな袋に入ったクッキーを詰め込んだ。

渡せるかはわからないけれど『クマのぬいぐるみのお礼なのだから』と自分に言い聞かせて準備した。

少しだけスパイスを利かせた、チーズ味の甘くないクッキーは自信作。きっと騎士団長様にも気に入ってもらえるはずだ。

「いってきます」

ベッドでいつも一緒に寝ているクマのぬいぐるみ。

今日も抱きしめれば、くたっと柔らかくて、なんとも安心できる感触だった。


「わぁ……。いい天気」

外に出ると、すでに昇り始めた太陽がじりじりと照りつけていた。

今日は暑くなりそうだ……。

いつもだったら、もうすでにお店で働いていて、騎士団長様がコーヒーを飲みに来ている時間だ。

御前試合が行われるという会場まで駆けていきたくなるこの気持ちが何なのか、私はまだ知らない。

それでも水色のワンピースの裾をふわりとなびかせて、いつもより高いヒールの靴で少し足早に、私は王都の街並みを会場に向けて歩き出した。


「すごい。人がたくさん……」

会場の入り口でチケットを渡し、半券を受け取った私は指定されている自分の席を探す。

ようやく見つけて座った頃には、すでに第一試合が始まろうとしていた。

「騎士団長様……」

競技場にいる騎士様たちの中に、騎士団長様の姿は見当たらなかった。

ダリアは騎士団長様も参加すると言っていたけれど、もしかしたらお忙しいから来ないのかもしれない……。

少し残念だけれど、騎士様たちの試合を見たことがない私は気持ちを切り替えてもう一度試合が行われる場所に目を向ける。

一段高くなった舞台から落ちたり、剣を落としたりすると失格になるそうだ。

高く響き渡る、剣が交わる音。

目を離すことができない、真剣な戦いに目を奪われる。

「……すごい!!」

王都で見かけるたびに『騎士様ってカッコいい』と憧れていたけれど、これを見てしまったら本気でファンになって通ってしまいそうだ。

ダリアはもう何度も見に来ている、と言っていた。その気持ちがとてもよくわかる。

いつも休みの日には、レシピ本を読んだりお菓子の試作をしたりと気ままに過ごしていたけれど、たまにはこうして見に来たい。

――そうね、今度はダリアと一緒に。

そのとき、ひときわ大きな歓声が沸き起こった。

王都では珍しい黒い髪、遠目にもわかるほど澄んだエメラルドグリーンの瞳。

今回の試合で優勝した騎士様は、騎士団長様と試合をする権利を得るらしい。

隣の席で盛り上がっていた女性が教えてくれた。

騎士団長様にエスコートされているドレス姿の女性は、焦げ茶色の髪の毛を美しく結い上げ、青い目は柔らかく弧を描いている。

……きっと、あの方が隣国の姫君なのね。

いつもより勲章や魔石を多く飾り付けてきらびやかな黒い制服が、あまりにも似合う騎士団長様。

その隣には、騎士団長様に守られて凜と立つ姫君。

物語から抜け出てきたようにお似合いの、麗しい二人の姿になぜか胸がチクリと痛む。

「もしかして意中の騎士の噂って……」

毎朝、可愛らしいおとぎ話みたいなお店の中で会っていたから、私は愚かにも勘違いしてしまったのだろう。

私と騎士団長様の本当の距離は、こんなにも遠いのに。

そのとき、なぜかエメラルドグリーンの瞳と目が合った気がした。

次の瞬間、会場がひときわざわめく。

お店に来ているときと違って厳しい表情をしていた騎士団長様は、なぜか私から視線を逸らさないまま微笑んだのだった。

……なんて、都合のいい妄想をしてしまった。

有名人が私を見て微笑んだ！　なんて、よく聞く話だ。

でも、そう信じてみるのも悪くない。だって、あくまでも想像なのだもの。

そう自分に言い聞かせているのに、なぜか騎士団長様がチラチラと何度もこちらを見ている気がしてしまう。

もう一度目が合った気がして試しに手を振ってみたら、姫君に回していない方の大きな手のひらが控えめに揺れた。

「……まさか、気のせいじゃ、ない？」

顔がどんどん熱を帯びてくるのは、強い日差しのせいなのだろうか。

――気のせいに、決まっているのに。

遠くで姫君をエスコートする騎士団長様が、表情を改めた。

膝をついた彼の前には、国王陛下がいらっしゃるのだろう。

国王陛下の姿は幕に阻まれてもちろん見えない。隣国の姫君が静かに幕の中へと入っていく。

王太子殿下と隣国の姫君が婚約されるという噂は、おそらく本当なのだろう。

高い位置に設けられたボックス席から下りてきた騎士団長様が、まっすぐ試合の舞台へと上がる。

それだけで会場が静まりかえり、誰一人彼から目が離せなくなる。

騎士団長様の目の前に立つのは、赤みを帯びたくせ毛の年若い騎士様だ。

何かを騎士団長様が口にして、獰猛な笑顔を見せた。

気を引き締めたように若い騎士様が剣を構える。

試合開始の合図で太鼓の音が響いた直後、カァンッと高い音がしてクルクルと剣が青空に舞った。

――騎士団長様が抜剣してからの動き、速すぎて何も見えなかった。

若い騎士様が一礼して去っていく。

その顔には悔しさよりもむしろ憧れが浮かんでいるように見えた。

「本当に、強いのね……」

この胸の高鳴りは、最高にカッコいいものを見たときの憧れなのだろう。

だからって、こんなに苦しくなるほど心臓がドキドキするなんて初めての経験だ。

陛下からのお褒めの言葉と銀色の薔薇を賜る騎士団長様をぼんやりと見つめる。

「……あれ？」

隣国の姫君と王太子殿下、そして国王陛下がいらっしゃるボックス席。そこに続く階段をなぜか駆け下りる騎士団長様。

会場のざわめきなんて全く耳に入らないかのように歩む騎士団長様に、観客が二手に分かれていく。

……どんどん私に近づいてくるのは、気のせいよね？

動揺する私から、外されることのない視線。

手にしているのは銀色の薔薇だ。

こちらに近づいてくるなんて気のせいだと思っている間に、目の前には騎士団長様がいた。

優しげに微笑んだ美貌は、見ているだけで倒れてしまいそうなほど甘い。

「……リティリア嬢、会いたかった」

そんな言葉とともに差し出された銀色の薔薇が私の手に触れる。

思わず手に取れば、銀色の薔薇は重いけれど、まるで本物のように精巧に作られていた。

「あのっ、これ!!」

動揺しすぎた私は、絶対に釣り合わないはずの焼き菓子を勢いよく差し出してしまう。

「差し入れ？　……うれしいな」

銀色の薔薇を賜ったときでさえ無表情だった騎士団長様が、宝物でももらったかのように笑った。

……きっとこれは、夢に違いないわ。

それなのに手にした薔薇は、まるで現実だと私に伝えているみたいにズッシリと重かった。

騎士団長様は、私を見つめながら残念そうにため息をついた。

「このあと、すぐ戻らなくてはならないんだ。……また会いに行ってもいいだろうか」

「……はい。美味しいコーヒーを用意してお待ちしています」

ここ三日間の寂しさも、切なさも、口の中で溶ける綿菓子みたいに消えてしまう。

お店にまた来てくれる、それだけの約束がまるで宝物みたいだ。

「だが、少し目立ちすぎたようだ」

その言葉で、周囲から注目を浴びてしまっていたことに初めて気がつく。

予想以上にたくさんの視線が集まっていて、急に心臓がドキドキしてしまう。

「……すまない。ようやくリティリア嬢に会えて、浮かれてしまったな」

「えっ」

「帰りに何かあったらいけない。護衛をつけよう」

「私なんかに護衛ですか？」

私に会えて浮かれた？　……それに護衛をつける？

騎士団長様が護衛をつけるなんて言い出すから驚いてしまい、浮かれてしまったという言葉の意味を聞きそびれてしまう。

――護衛って、騎士様に送ってもらうってことよね？

お忙しい騎士様のお手を煩わせるなんて、さすがに申し訳なさすぎる。

振り返り振り返り去っていった騎士団長様を見送って、早めに帰ろうと歩き出す。

「お待ちください！」

後ろの方から、朗らかな声がかけられた。

それは、私の知らない人の声だ。

「えっと……？」

「ヴィランド卿に頼まれました。ぜひ送らせてください！」

……なぜか、最後に騎士団長様と手合わせしていた若い騎士様が追いかけてきて、断り切れずに送っていただくことになってしまった。

初対面の騎士様に送っていただくことへの緊張と、今日起こった出来事への理解が追いつかなくて、騎士様と何を話したのか、さっぱり思い出せない。

アパートの前で少し落ち着きを取り戻した私は、ようやく若い騎士様ときちんと視線を合わせることができた。

赤みを帯びた茶色の髪は、同じ色の瞳と相まってどことなく温かそうだ。

「あの、ここまで送っていただいて、ありがとうございました」

「ヴィランド卿《きょう》が大切にされているご令嬢を護衛することができて、光栄でした」

「そんな恐縮です」

「……では、失礼いたします」

きっと多忙な中、送ってくださったのだろう。

走り去っていく騎士様を見送ってアパートの階段を上がり、ベッドと小さなキッチンとバスルームしかない小さな部屋に入る。

頭に浮かぶのは、騎士団長様のことばかりだ。

……普段はいったいどんな表情をされているのだろうか。いつもあんな風にカッコいいのだろうか。

「こんなに可愛らしいクマのぬいぐるみを持ってきてくれた騎士団長様と、試合であんなにも凛々《りり》しかった騎士団長様は、本当に同一人物だったのかしら」

そんなばかげたことを考えてしまうくらい、今日の出来事は衝撃的だった。

「……ただいま」

ベッドに置きっぱなしだったクマのぬいぐるみに帰宅を告げて、抱きしめて、ようやく一息つく。

「全部、夢だったのでは……」

そう考えた方が、よっぽど納得がいく。それなのに、今日というこの日は夢なんかじゃなかったとでもいうように、手に持つそれはズッシリと重い。

キラキラ輝く、遠目には本物にしか見えなかった銀色の薔薇を改めて見つめる。

クマのぬいぐるみのお返しをしようと思ったのに、なぜ私はこんなに高価な品物を受け取ってしまったのだろう。

クマのぬいぐるみなら、お小遣いを使えば私でもお返しの贈り物ができたのに……。

「やっぱり、もらいすぎだよね……」

どうして試合会場で、騎士団長様は私に笑いかけたのだろう。

嫌われてはいないはず。だって、嫌いな人にこんなに大切なものをあげたりしないもの。

……でも、私に好意を示してくれていると思うには、今日の騎士団長様はあまりに強くてカッコよすぎた。

貴族令嬢にしてはあまりに空っぽな宝箱代わりのオルゴールに、銀色の薔薇をしまい込む。

――もしも次、会えたなら……。

クマのぬいぐるみが、抱きしめすぎて形を変えていたことに気がついて、慌てて力を緩める。

たぶん私は、恋愛や誰かを好きになることに臆病になってしまっている。

誰かのためにがんばって、それなのにわかってもらえないのはとても悲しいから。

でも、会いたいというこの気持ちは、本物だから……。

目をつぶると、エメラルドグリーンの目が甘く細められたあの表情が、まぶたの裏に浮かんだまま消えない。

私はクマのぬいぐるみを抱きしめて、眠れない少しだけ蒸し暑い夜を過ごしたのだった。

＊＊＊

眠れない夜を過ごしても、眩《まぶ》しい朝はいつも通り来る。

窓から差し込む朝日が高いことに気がついた私は、ベッドから飛び起きた。

「うそっ！　もうこんな時間!?」

急がないと開店準備が間に合わないかもしれない。

いつも私は、始業時間より早めにお店に入る。

制服に着替えるのも時間がかかるし、お客様に喜んでもらえるように準備も完璧にしたい。それなのに、今日に限って時間ギリギリだなんて。

時計はすでに家を出なくてはいけない時間を指し示していた。

私は髪の毛を簡単に結ぶと、準備もそこそこに部屋を飛び出す。

街を駆け抜け、お店の裏口を勢いよく開けて、今日のテーマを確認する。

――『ローズピンクの異国の神殿』。

裾の長い白いドレスは、ドレープがたくさんあるストンとしたデザインだ。

袖もひらひらと幾重にも白い布が重ねられている。

「こ……これは、すごいわ！」

カフェ・フローラの売りは毎日変わるテーマだ。

もちろん人気のテーマは何度も登場するけれど、この神殿は初めて見る。

オーナーはお仕事で世界中を飛び回る魔術師様だ。

王国の外に実際に存在する景色や建物、お店をもとに創りあげられているらしい。

見上げると不思議なくらい天井が高い。

中心はドームになっていて、全体がローズピンクに彩られている。

魔法でそう見せているだけだから実際はお店の大きさに合わせてある一定の距離以上は進めないようになっているけれど、とても広く見える。

「わぁ……」

柱に触ってみれば、石のヒンヤリした感触まで再現されていた。

――塗装していない……。ローズピンクの石を使っているのね。

こんな美しい建物が、王国の外に本当に存在するのだろうか。

「美しいな」

「はい、本当に……」

後ろからかけられた言葉に驚いて振り返る。

私を見下ろす騎士団長様の目元にはくっきりと隈ができ、疲れ切っていることが一目でわかった。

「……申し訳ありません。いらっしゃいませ」

「……ああ」

それなのに、柔らかく微笑んだ騎士団長様はとても嬉しそうだ。

ようやく会えた嬉しさと、もしかして無理をして来てくれたのではないかという申し訳なさが心の中でせめぎ合う。

試合のあともお仕事があるみたいだった……。本当にお忙しいのだろう。

——それにしても、また店内の装飾にはしゃいでいるところを見られてしまって恥ずかしい。

「こちらの席にどうぞ」

騎士団長様をご案内するいつもの席はお店の隅にあり、オブジェに隠れてほかの席からは見えづらい。

石で作られたテーブルと椅子は、お店と一緒でローズピンクだ。

「コーヒーと……そうだな、今日は軽く何か食べたい」

「では、サンドイッチなどいかがでしょうか？」

「それをもらおうか」

カフェ・フローラのサンドイッチには、妖精が蜜を取り出した花が隠し味として添えられている。

蜜を取り出された花は、ほんの少しピリリと辛く、サンドイッチを何倍も美味しくしてくれるのだ。

それにしても、いつもコーヒーだけ飲んで帰る騎士団長様が食事をするなんて珍しい。

「コーヒーはいつお持ちしますか？」

「先にもらえるかな。……失礼」

騎士団長様はやっぱりお疲れみたいで、小さなあくびをかみ殺した。

それを見た私は急いでコーヒーを淹れて、そっとテーブルに置く。

一口それを飲んで口元を緩めた騎士団長様は、やっぱり昨日の凛々しくてカッコいい騎士団長様とはどこか違う気がするのだった。


サンドイッチを用意して、騎士団長様の席に戻る。

「お待たせしました」

具材と一緒に花が挟んであるカラフルで美しいサンドイッチをテーブルに置きながら、銀色の薔薇についてどう切り出そうかと頭の中を整理する。

女性のお客様が多いから小さく切られているサンドイッチは、騎士団長様が摘まむといつも以上に小さく見える。

「足りますか？」

聞きたかったのは、そんなことではない。

でも、銀色の薔薇をお返しします、と伝える勇気が足りなかったのと、あまりにサンドイッチが小さく見えてしまったせいで、口から出たのはその一言だった。

パクリとやっぱり一口で食べたサンドイッチを咀嚼《そしゃく》して飲み込むと、ほんの少し騎士団長様は考えるそぶりを見せる。

それから私の方を見つめて、なぜか困ったように微笑んだ。

「……まあ、普段から朝はほとんどコーヒーだけだ。足りるだろう」

「えっ。激務なのに、体が保《も》ちませんよ!?」

「――それはそうかもしれないが」

私が気にすることではないのかもしれない。

でもどうやってこの体を維持しているのだろう。

長身で肩幅が広く一目で鍛えられているとわかる騎士団長様は、たくさん召し上がりそうなのに。

たくさんお肉を食べなくては、こんな体格とても維持できそうにないのに。

「とくに最近は、朝から忙しいからな」

朝ご飯も食べられないほど忙しい中、ここに来てくれていたのだろうか。

なぜか申し訳なく思って、私は一つの決意を口にする。

「……せめて、ここに来たときは何か食べてください。薔薇をいただいたお礼に、私が毎回ごちそうします!」

カフェ・フローラの客層は、裕福な夫人や令嬢、時に貴族だ。

だから値段設定は高めだけれど、そこは従業員限定の割引券を使わせてもらおう……。

もちろん、こんなことであの精巧な細工の薔薇に見合うとは思えないけれど、せっかくいただいたものを返すよりもいいような気がしてくる。

「――気持ちは嬉しいが、リティリア嬢におごられるわけにもいくまい。これでも騎士団長だ。毎日この店で食べても問題はない」

「でも、ごちそうさせてほしいです」

「……そうか。では、その礼については改めて考えておこう」

お礼をしたら、そのお礼が何倍にもなって返ってくる。

そんなループに陥っている気がするのだけれど……。

そのとき、お客様が来たベルの音がした。

……そうよね。仕事中にしていい話題でもないわ。

「それでは失礼します」

「……ああ。ところで、俺の体を心配してくれてありがとう。嬉しかった……」

「っ……!?　ご、ごゆっくり！」

赤くなってしまった頬を隠したくて、俯《うつむ》きながら足早に席を離れてお客様を出迎えに行く。

けれど私は『いらっしゃいませ』という言葉を告げる前に、凍り付いたようにその場から動けなくなった。

「――――捜した。リティリア」

私を見つめて微笑んだ金髪碧眼のお客様は、よく知っている人だった。

というより、二度と会いたくない人だ……。

「ギリアム様……」

目の前には、三年前、男爵領が落ちぶれた途端、私に婚約破棄を告げた元婚約者ギリアム・ウィアー子爵令息がいた。

「何をしに、いらしたのですか？」

「お前を捜しに来たに決まっているだろう？」

「なぜ……。あなたからの婚約破棄により、私たちはもう赤の他人のはずです」

ギリアム様は幼い頃からの婚約者だ。

彼を支えていこうと思って必死に勉強した日々。

そこに愛はなかったかもしれないけれど、少なくとも家族としていたわり合いながら一緒に生きていけると思っていた。

それなのに度重なる天災と流行病で男爵家が没落したとき、ギリアム様は私が友人だと思っていた女性を連れてきて、彼女のことを恋人だと紹介し、婚約破棄してほしいと言った。

「――仕事中ですので」

「もう一度、婚約してやってもいい」

「……は？」

ローズピンクに埋め尽くされた夢のような空間。

その場所で、どうしてこんな耳障りな言葉を聞かなくてはいけないのだろうか。

「仕事なんてする必要ない。男爵家も持ち直してきたと聞いている。元々あの場所では、貴重な魔鉱石が産出される。その採掘さえ軌道に乗れば、資金に困ることはないだろう」

「……もう一度言いますが、仕事中です。それから二度と私の前に現れないでください」

「生意気な」

「うっ！」

強く手首を摑まれて、鈍い痛みが走る。

けれど次の瞬間、拘束は解かれて私は安心できる腕の中にいた。

「仕事中に押しかけてきて、暴力沙汰とは……」

「俺は彼女の婚約者です」

「……はは。おかしなことを言う。リティリア嬢は俺の婚約者だ。すでに王都で噂になっていると思うが、求婚を意味する勝利の薔薇もすでに受け取ってもらっている」

「求婚？　勝利の薔薇……？」

……いつの間に、騎士団長様と私は婚約したのかしら？

あまりのことに呆然としていると、背中から回された手は私をますます強く抱きしめた。

「ギリアム・ウィアー子爵令息。このアーサー・ヴィランドの婚約者に手荒なまねをして、ただですむと思うか？」

「アーサー・ヴィランド!?　何でこんなところに、そんな大物が」

途端に青ざめたギリアム様は、店のドアを勢いよく開けて飛び出していった。

開店直後の店内に、私たちだけを残して。

「――あの、ありがとうございます」

ほのかな温もりが離れていってしまうことがこの上なく寂しい。

その感情に気がつかないようしながら私は、くるりと騎士団長様の方を向く。

騎士団長様は眉間にしわを寄せて私を見下ろしていた。

「……この場所は、筆頭魔術師シルヴァ殿の魔法がかかった空間だ。だから不届き者が自由にできるはずがないと安心していたのだが……。守りの魔法が緩んだのか……？」

「確かに……オーナーの魔法で店員は守られているはずなのですが」

ふと浮かんだのは、最近お会いできないほど忙しいオーナーの姿だ。

「……確かに騎士団と同じで魔術師団も忙しいからな。もしかすると、疲労か何かで魔法にほころびができていたのかもしれないな」

「そうなの……でしょうか」

「リティリア嬢が無事で良かった」

騎士団長様がいらっしゃらなければ、もっとひどい目に遭っていたかもしれない。

急に恐ろしくなって体が小さく震える。

「ありがとうございました。お客様に助けていただくなんて、ご迷惑をおかけして申し訳ありませんでした」

「いや……。こちらこそ、勝手に婚約者などと言って申し訳ないことをした。不快だっただろう」

「そんなわけないです！」

強く否定しなくても良かったのに、と思ったけれどすでに叫んでしまったあとだった。

助けようと思って言っただけなのに困惑するだろうとチラリと視線を向けると、騎士団長様は一瞬目を丸くして、それからなぜか嬉しそうに笑った。

「……そうか、良かった。だが今回の件、少し気になることがある」

「え……？」

「俺の方で調べるが……。ところで今日は、何時頃に仕事が終わるんだ？」

「え？　三時頃には……」

「そうか。……迎えに来るから店の中にいてくれ」

——迎えに来るなんて、そんなはずないのに聞き間違いなのかしら。

でも確かにそう言ったらしく、騎士団長様は返事を待っているようだ。

「えっと、お忙しい騎士団長様にこれ以上ご迷惑と負担をおかけするわけには」

「リティリア嬢の安全には代えられない。これは俺からのお願いだ」

「ふぇ……」

それだけ言うと、騎士団長様は私を安心させるように頭を撫でて去っていく。

サンドイッチを食べた分、いつもより多い銀貨を私の手に残して。

そして、結局私は騎士団長様にごちそうしそこねてしまったのだった。

＊　＊　＊

そのあとは、どんどん来店されるお客様の対応で時間があっという間に過ぎていった。

昼食の時間を過ぎるとひとときの店内のテーブルには空きができる。

少し疲れを感じながら遅めの昼ご飯をバックヤードで食べていると、急に上の方から声がかかった。

「――――お疲れ」

久しぶりに聞いたその声に、勢いよく振り返る。

そこには白色の王宮魔術師の正装に身を包んだオーナーがいた。

あいかわらず、彼は目のやり場に困るほどの人外の美貌を誇る……。

それが今日も変わらない、オーナーを見たときの私の感想だ。

少しだけ顔色が悪く見える白い肌は、逆に神秘的な印象を相手に与える。

暮れかけて淡い光を残す空のような紺色の髪、一番星みたいに輝く金色の瞳は、美しいの一言だ。

羨ましくなってしまうくらい長いまつげと切れ長の目、整った鼻筋に口元。

――それに、オーナーからは清廉な花のようないい香りがする。

騎士団長様の、少し強面でたくましい印象のかっこよさに比べて、絵画から抜け出てきたような美貌を持つ人。それが、このお店のオーナー、筆頭魔術師シルヴァ様だ。

「オーナー！　お久しぶりですね？　こんな早い時間にお店にいらっしゃるなんて珍しいじゃないですか。……それに、その格好。お仕事の最中だったのですか？」

「……ああ。飛んでくるに決まっている、事件が起きたと察すれば」

「……なにかありましたか？」

「……本気か？　すべて、リティリア、君に関することだと認識しているが」

ここ最近の出来事を思い起こしてみる。

思い浮かぶのは早朝の常連、騎士団長様の笑顔だ。

こんなときまで彼の顔が浮かんでしまうなんて、どうしてしまったのだろうと首をかしげる。

けれどよく考えてみれば、魔女様に、銀色の薔薇に、押しかけてきた元婚約者。最近私の周りで起きた事件すべてに騎士団長様が関係している……。

そうだ、少なくともオーナーの古くからの知り合いである森の魔女様の下に騎士団長様を巻き込んでお連れしてしまったことは、すぐに報告すべきだった……。

私は叱られるのを覚悟した子どものようにおずおずと口を開く。

「……森の魔女様の下に騎士団長様を巻き込んで、お連れしてしまいました」

「うん……。それはそれでここに駆けつける理由になるな」

――そのことが耳に入ったから、駆けつけてきたのではなかったのかしら？

違うとすれば、いったい何のためにオーナーは仕事の合間に駆けつけてくださったのだろう。

「……二人ともよく無事だったな」

「……騎士団長様の制服についていた魔石を一つ受け取って、それから彼のことを占って、なぜか許してくださいました」

「そうか。魔女の占いに行き着いた経緯が気になるが、ヴィランド卿まで彼女に相当気に入られたらしいな。……厄介な」

「厄介……？」

魔女様はいつだって美しく、優しく微笑んでいる。

でも騎士団長様と一緒に行ってしまったときは、とても冷たい表情だった。

もし騎士団長様にご迷惑をおかけしてしまったら、申し訳ない。

眉をひそめた私を見つめ、オーナーが口を開く。

「すまない、最近魔力が少々不安定で店の守りにほころびがあったようだ。悪意を持った者が入ってきたことに気がついたが、遠征先だったからすぐに駆けつけられなかった……。それにしても、リティリアが無事で良かった」

「――偶然居合わせた騎士団長様が助けてくださいました」

「ヴィランド卿が……」

少しだけ考えるそぶりを見せたあと、オーナーが金色の瞳でまっすぐに私の顔を覗《のぞ》き込んだ。

「そういえば騎士団長、アーサー・ヴィランド卿から勝利の薔薇を受け取ったのだろう？」

「……確かに試合会場で、銀色の薔薇を差し出されて受け取りました」

騎士団長様のようなすべてを持っているお方が、私なんかを相手にするはずがないのに。

あんなに高価そうな薔薇を差し出すなんて、ちょっとやりすぎだとは思う。

「勝利の薔薇を捧げるなんて、ヴィランド卿も本気を出してきたな。王宮、いや王都全体、リティリア・レトリック男爵令嬢とアーサー・ヴィランド卿の話で持ちきりだ」

「え……？」

オーナーの言葉にキョトンと目を見開いた私は、手にしていたサンドイッチを思わず取り落とした。

オーナーによると、すでに止めることなんてできないほど銀色の薔薇の話は王都を駆け巡っているらしい。

まさかあの銀色の薔薇を受け取ったことでそんなことになるとは予想していなかった。

騎士団長様ほどの方が私なんかに贈り物をしただけで、万が一にでも変な噂を流されてしまったらきっと困るに違いない。

もしかすると、変な噂にならないように訂正のために迎えに来ると言ったのだろうか。

「実は、今日迎えに来てくれることになっているんです」

「そうか、噂は事実か」

「噂って……？」

「ん……？」

私はそのとき、ダリアが話していた噂を急に思い出した。

隣国の姫君がこの国の騎士に懸想しているという噂。

昨日見かけた、おとぎ話から抜け出してきたようにお似合いのお二人の姿が目に浮かぶ。

きっと姫君の意中のお相手は騎士団長様なのだ。

しかし姫君は王太子と婚約しているわけで、騎士団長様との関係は絶対に表沙汰にできない。

騎士団長様が私に薔薇を渡したのは、その話題で秘密を隠すためだったのかもしれない。

そんなことをするような人には見えなかったけれど、それだけ姫君のことが大切なのだろう……。

「あっ、なるほど……」

想像するだけで胸がズキズキすると同時に、そうだったのかと妙に納得してしまう。

「……ん？　何がなるほどだ？　おっと……なんだかものすごく濃い誤解の香りがするぞ」

オーナーが何か言っていたけれど、もう私の耳には入ってこなかった。

考えれば考えるほど、ダリアが言っていた姫君の意中の騎士とは騎士団長様のことだったのだと確信する。

「――おい。俺が思うには」

「大丈夫です」

「いや……。しまった。余計なことを言ったようだ」

「――いえ。噂は時に真実を告げると言いますものね……」

騎士団長様は、きっと私に真実を話して協力を依頼するために迎えに来ると言ったに違いない。

そのとき、裏口に騎士団長様が来たという知らせが来る。

「本日は補充もお菓子作りもすでに終わっています。それでは失礼いたします」

「待ってくれ！　騎士が勝利の薔薇を相手に捧げるのは生涯ただ一人の人への求婚の意味が……！」

……行ってしまったか。……幼い頃からの婚約者に婚約破棄されたせいで恋愛に臆病になっているリティリアに、噂の話は余計だったな。許せ、ヴィランド卿」

オーナーの叫びは私には聞こえず、私はズキズキ痛む胸に気がつかないように細心の注意を払いながら、裏口へと向かったのだった。


「リティリア嬢！」

扉が開いた途端、足早に近づいてきた騎士団長様の笑顔はやっぱり眩しい。

これだけ素敵なお方に笑いかけられて頬を染めない女性なんて存在しないのではないかと思えてくる。

……だから、本当に勘弁してほしい。

「――お言葉に甘えてしまって、すみません」

これはさすがに可愛くないな、とほんの少しとげのある言い方をしてしまったことを反省する。

騎士団長様が軽く目を見開いた。

そして、次の言葉に私は完全に動きを止めてしまう。

「リティリア嬢に、もっと甘えてほしい」

「……!?」

赤くなりかけていた頬が完全に熱を持ってしまったことを自覚する。

騎士団長様が見てもわかるほど私の頬は真っ赤になっているに違いない。

次の瞬間、なぜか眉をひそめた騎士団長様はマントを外し、バサリと私の頭にかけた。

そのまま手を引かれてお店の外に連れ出される。

「……あの？」

赤くなってしまった頬を隠してくれたのだろうか。

でも、騎士団長様に憧れている女性たちの赤く染まった頬なんて見慣れているはずなのに。

……ましてや、姫君と恋仲なのだから。

途端に冷静になって頬の熱さが引いていく。

代わりに胸が痛み始めたことには気がつかないようにする。

外に出るとマントを外され、そのまま手を引かれ歩き出す。

騎士団長様の歩く速度は速いから、私は小走りだ。

「……はあ、はあ」

上がってしまった息を整えようと深呼吸していると、ハッとしたように騎士団長様は振り返り、申し訳なさそうに眉尻を下げた。

「……っ、す、すまない。いつもの調子で歩いてしまった」

「はあ、はあ……。だ、大丈夫です。私の体力がなさすぎるのです」

「配慮が足りなかった。許してほしい」

本当に申し訳なさそうに頭を垂れた騎士団長様。

とても鬼騎士団長なんて呼ばれている人には見えない。

むしろ目の前にいる騎士団長様は、可愛らしくすら見えてしまう。

……もう少し、体力をつけるべきだわ。

お仕事以外は、部屋でお菓子を作ったり、読書をしたり、のんびりしていることが多い私は、体力があるとは言えない。

騎士団長様のありあまる体力とは比べようもないほど貧弱だ。

決意する私を見下ろして、騎士団長様が口元を緩めた。

「すまない。あまりに可愛らしいから誰にも見せたくなくて、マントなんてかぶせた上に、つい急ぎ足になってしまったようだ」

「へっ？」

……聞き間違いかしら？

それとも騎士団長様ともなれば、これくらいのお世辞は挨拶の一部なのかしら。

おそらく後者なのだろう、と納得しかけた私の名を騎士団長様がためらいがちにに呼ぶ。

「――――リティリア嬢」

「は、はい」

「ここでできる話ではないんだ……。もしよかったら、俺の屋敷に」

「機密事項……なのですね？」

「そうだな。一つは機密事項で、もう一つは個人的に人に聞かれたくない」

どことなく耳元の赤い騎士団長様に、私は先ほどの考えが正しかったのだと確信した。

確かに姫君との秘密の恋は機密事項で、他人様に聞かれるなんて個人的にも嫌に違いないわ。

当たり前よね。そう思うと同時に、騎士団長様の口からそのことを聞いてしまったら、なぜかわからないけれどきっと私はしばらく立ち直れない、そんな気がしてくる。

騎士団長様の手は、ゴツゴツしていて大きくて、少し冷たい。

手が冷たいのは朝ご飯を食べないからに違いない。

今後、カフェ・フローラに来てくださるかわからないけれど、いらっしゃったときには絶対に何か召し上がっていただこう。

——その前に、ちゃんと伝えておかないと。

そうでなければ、騎士団長様は安心できないに違いないから。

「あの」

「……リティリア嬢？」

「私、秘密は絶対守りますし、ちゃんとお二人のために協力します」

「秘密を守ってもらえることについては願ってもないが。……二人に協力？」

なぜか語尾が疑問形だった騎士団長様。

私がお手伝いできることなんてないってことかしら。

少しでもお力になりたいと思ったけれど、確かに私が出る幕ではないのかもしれない。

……協力してほしいわけではない。それなら、なぜ私は騎士団長様と手をつないだまま、お屋敷に行こうとしているのだろうか。

私たちの会話がどこかかみ合わないことを不思議に思いながら、歩調を緩めてくれた騎士団長様に手を引かれ、道に停《と》まっていた馬車に乗せられる。

ヴィランド伯爵家の紋章が描かれた馬車は、王国の剣と称される伯爵家にふさわしく、ものすごく豪華で乗り心地がよい。

「……ところで、やはり気になってしまうのだが、二人に協力、とは？」

なぜなのだろう。笑顔なのに、騎士団長様の視線からは妙に圧を感じる。

怒っているような気がするのは気のせいだろうか。

「あの……」

「リティリア嬢の考えていることが知りたいんだ。どうか、正直に話してもらえないか？」

南の海みたいなエメラルドグリーンの瞳が真剣さを増して、私のことをまっすぐ見つめる。

美しくて有無を言わせない雰囲気を持つその瞳を前に、嘘をつくなんて不可能だ。

二人きりの馬車の中、私は先ほどオーナーから聞いたことを洗いざらい騎士団長様に話したのだった。

その話、とくに隣国の姫君との噂について聞いた騎士団長様の表情は、完全に曇ってしまった。

そしてどこか剣呑《けんのん》な光を宿した瞳が、まっすぐに私を見つめる。

「つまり……何も伝わっていなかった、ということか？」

「え……。あの、秘密であることは理解していますし、私にできることなら」

「リティリア嬢は、俺が隣国の姫君と恋仲だとしても少しも気にしないのか」

「…………」

少しも気にしないなんて、そんなはずがない。

二人が恋仲だと考えるたび痛くなる胸に説明がつかない。

「……鬼騎士団長と呼ばれるような俺が、似合いもしない可愛いカフェを毎朝訪れていたのはなぜだと思う？　笑うことがない、無愛想だと周囲に言われる俺が、リティリア嬢に笑いかけ話しかけていたのはなぜだと思う？」

「それは……」

「君に会うためだと考えたことはないのか？」

硬直してしまった私を見て何を思ったのか、騎士団長様がいつもとは違う、試合場で見せたような獰猛な笑みを浮かべる。

「少しは期待してもいいのだろうか？」

私はまるで猛獣に追い詰められた小動物みたいに、指先一つ動かせなくなる。

スローモーションのように見える世界で、無骨な指先が私のフワフワ波打つ髪を撫で、一房手のひらにのせる。

そのまま、そっと近づいてくる騎士団長様の……。

見間違いなのだろうか？　まさか、唇……？

騎士団長様は、固まって動けなくなった私の髪を一房手にしたまま、今にもそこに口づけを落とそうとしているようだ。

「ふっ……ふぇ!?」

「君がいけない……。だって、俺が好きなのは」

目の前の光景が信じられなくて、私の心臓は飛び出してしまいそうなくらい鼓動を速める。

そのときどこかに着いたらしく、馬車がガタンと揺れて停まる。

ピタリと騎士団長様は動きを止めた。

そして、じっと見つめていた何の変哲もないフワフワしているばかりの薄茶色の髪から視線をそらし、私の淡い紫の瞳を覗き込む。

「ああ、こんなことをして、嫌がられたり、距離をとられたりするのは困るな……」

「え……？」

「――許可も得ず、無礼なことをした。許してほしい」

「……私が、騎士団長様を嫌がる？」

どうしても、そんなことは想像できない。

たぶん騎士団長様はひどいことはしないと思うけれど、もしされたとしても、きっと嫌いになんてなれそうもない。

距離をとることに関しては考えてなかったとは言い切れないけれど……。

「――きっと、何をされたって、騎士団長様のこと、嫌いにはなりませんよ？」

「…………っ」

それは私の素直な気持ちだった。

でも、もしかしたら何か間違えたのかもしれない。

ギシリ、と音がしたのかと思った。騎士団長様がその動きを完全に止める。

「そ、そうか……」

低くて耳に響く声が、今はなぜかかすれている。

そして、はじめに耳元が赤くなり、そのあと顔が赤くなった。

その顔を隠そうとしたのか、口元に添えられた大きな手。でも、まったく隠せていないことに気がついているのだろうか。

私はその変化を、見てはいけないものを見てしまったような気持ちで呆然と見つめた。

気まずい沈黙を振り払うように、騎士団長様は無言で馬車の扉を開けて下りていく。

騎士団長様は少しだけ視線をそらしたまま、それでも流れるような仕草で私の前に手を差し出した。

「……手を、リティリア嬢」

「はっ、はい」

騎士団長様の耳元は、ほんのりとまだ赤みを帯びている。

その色を見ないように気をつけながら、私は慎重に踏み段を下りた……つもりだった。

「きゃ！」

「リティリア！」

何の変哲もない、飾り気のないワンピースの裾がフワリと揺れる。

軽く手を引かれた感触のあと、トスンッと軽い衝撃だけ訪れる。

強くつぶってしまった目をソロソロと開けば、私の頬は厚い胸板にピタリとくっついていた。

「────っ!?」

あまりの恥ずかしさに手のひらで押しのけようとしたのに、抱きしめられているから離れられない。

ものすごく速くて強いこの鼓動は、いったい誰のものなのだろう。

私の？　でも、速い鼓動が確かにもう一つ聞こえる……。

「騎士団長様」

「……大丈夫か？」

ようやく緩んだ腕にホッとして、でもなぜか残念に思いながら顔を上げる。

心配させてしまったのだろう、少し眉根を寄せた騎士団長様は、私と目が合うと微笑んだ。

「いっそ抱き上げて歩きたいくらいだ」

「それは……」

一瞬だけ想像してしまった。

きっと騎士団長様が荷物みたいに私を担ぐなんてことはないだろうから、脳内イメージはお姫様抱っこだ。

「ふむ。自分より恥ずかしがっている人が目の前にいると、存外冷静になれるものだな」

口の中だけでつぶやかれた言葉ははっきり聞こえず、軽く首をかしげて見上げる。

見下ろしてくる騎士団長様は、カフェ・フローラを訪れるときと同じいつもの制服だ。

一部の上位騎士だけが着用を許される正装の白い騎士服も騎士団長様のために誂《あつら》えられたのかと錯覚するほど似合うけれど、たくましくて長身の騎士団長様には黒の騎士服が本当によく似合う。

「さあ、こちらへ。リティリア嬢」

声をかけられて、騎士団長様を見つめすぎていたことにようやく気がつく。

そして周りを見渡す。

「……広い」

馬車は正門をくぐったところに停められているけれど、ここからお屋敷まで、ちょっとした散策かな？　と思うくらい遠い。

正門からお屋敷まで薄黄色のレンガが敷かれた道がまっすぐに続いている。

その両脇には、太陽の光を受けて宝石のように光り輝く色とりどりの薔薇と芝生が植えられ色鮮やかだ。

初夏の日差しに輝く水しぶき。中央の広場にあるのは大きな噴水だ。

「そうか？　領地の屋敷はもっと広い。そういえば子どもの頃、よく迷ったな」

ここより広いなんて想像もつかない。それに王都の一等地であるこの場所に、こんなに大きなお屋敷なんて、どれだけの資金力なのだろう。

「これは陛下から賜った俺個人の屋敷で、本邸ではないから気負わず過ごしてほしい」

「えっ、ここは個人のお屋敷で本邸は別にあるのですか!?」

「ここより、そちらの方が少し広いな……」

住む世界が違う！　そう思ったけれど、それを口にすることはできず、私は黙って騎士団長様の手を取り歩き出したのだった。


——騎士団長様のお屋敷にとうとう来てしまった。

思ったよりも、お屋敷の中は静まりかえっている。

そして、誰とも行き合わない。使用人はいないのだろうか。

その割に掃除は行き届いているから、誰も来ていないというわけではないのだろう。

……でも、生活感がなくて、さみしい。このお屋敷は騎士団長様個人のものだと言っていた。いつもこんな場所に、一人で暮らしているのだろうか。

「……えっと、誰もいませんね？」

「……普段使っていないからな」

「……あ、そうですよね。騎士団長様個人が賜ったと言っていましたものね？」

王都にはヴィランド伯爵家の邸宅があるのだ。

一人っきりで、このお屋敷で暮らしているわけではないのだろう。

そのことに安堵としたのもつかの間、騎士団長様の言葉に私は驚いて動きを止める。

「ん、というより騎士団の詰め所から帰ることが、ほとんどない」

「……えぇ!?」

つまりそれは、仕事場で暮らしているということなのだろうか……。

騎士団のお仕事はカフェとは違い二十四時間営業だ。

その仕事場に年中無休でいるということは……。

「働き通し……!?」

風の噂で聞いた騎士団長アーサー・ヴィランド様は、いつも最前線で大活躍していた。

そんな騎士団長様がある日、私が働く乙女系の可愛らしすぎるカフェにいらしたときは見間違いだと思ったけれど……。その思い出を振り返るのはあとにするとして。

「……王都の安全のためだ。当然の」

「当然ではありません!!」

もちろん、有事の際には泊まり込むこともあるだろう。

騎士というのがそういうお仕事だってことは理解している。

オーナーだって筆頭魔術師として、有事の際にはカフェに顔を出すこともできずに奔走している。

「――リティリア嬢」

「朝ご飯も食べずに働いてばかりいたら、いつか倒れてしまいます！」

「……ふ」

「何がおかしいのですか！」

心配しているのに、口の端を歪めてなぜか笑いをこらえているような騎士団長様に、つい声が大きくなってしまう。

それなのに騎士団長様はなぜか、満面の笑みを私に向けた。

「嬉しくて」

「え……？」

「そんなふうに、リティリア嬢に心配してもらえることが嬉しくて、つい……な」

「へ……!?」

冗談を言ってるようには見えない、真剣なまなざし。

予想外の返答に、目をそらすのも忘れて見つめ返してしまう。

遅れてやってくる羞恥。

……こ、これは、大きな声を出して怒ってしまったことへの仕返しなのかしら。

まさか騎士団長様に限ってそんな子どもっぽいことしないわよね？

微笑んだままの騎士団長様は、エスコートしていた手をそっと離して、私に正面から向き合った。

なぜか、その表情は緊張しているようにも見える。

「……もし、リティリア嬢がここで待っていてくれるなら、毎日全力で帰ってくる」

「あの……」

「もちろん仕事柄、遅くなる日も、長期間留守にすることもあるだろう。だが、全力で帰ってくると誓おう……」

「……それって」

そんな言葉、まるで……。

私は一瞬だけ浮かんだ思考を振り払う。

さすがに没落した男爵家の娘が、勘違いしていい内容ではない。

「――好きだと言ったら、信じてもらえるのだろうか」

「…………はい？」

「ここまで通じないとは。そこまで眼中にないのかと、心が折れそうなのだが」

……ある日、強面の鬼騎士団長と呼ばれるお方が、私の働く乙女系カフェにコーヒーを飲みに来た。

初めて騎士団長様がお店を訪れたあの日から数ヶ月が過ぎた。

騎士団長様は、ほとんど毎日コーヒーだけ飲んで、私に笑いかけて、そして帰っていった。

「まさか、私に会いにお店に来ていた、なんてこと……」

それは、そうだったらいいな、という私の希望的観測で、妄想で、ただの夢だったはずだ。

「……今さらか」

「え？　私に会いに来ていたって、本気ですか？」

「……ほかに理由があるとでも？」

騎士団長様は、苦笑いしている。

初めのうちは、実は可愛いものが好きなのかな、とか、もしかしてデートの下見かな、とか思っていたのだけれど。

毎日、会うたびに気になってしまっていた。

ただのお客様だと言い聞かせなくては、きっと恋に落ちてしまうくらいに。

——騎士団長様は微笑んでいる。

なにか私も気の利いたことを言わなくては、と焦ってしまう。

「そんなに頬を染めているということは、全く意識されていないわけでもない、のかな？」

「……あの」

脳内に浮かんだのは、差し出された銀色の薔薇だ。

頬にそっと触れた騎士団長様の手は冷たい。

「リティリア嬢に会いたくて、あの店に通っていたに決まっている」

「あの」

「好きだから。……嫌なら、押しのけてくれないか」

こちらを見つめて微笑んだ騎士団長様に、私は言葉を失ったまま抱きしめられていた。

その力は簡単に抜け出せるほど弱いのに、押し返すなんてとてもできなかった。

そして頭の中でグルグルと再生されるのは、騎士団長様が初めてカフェ・フローラを訪れたときのことだった。


レースやリボン、ハートにパステルカラー、それからお菓子の甘い香りでいっぱいの店内。

乙女が愛するものであふれるカフェ・フローラは、時には行列ができるほど人気のお店だ。

けれど開店直後の早朝はまだお客様の姿もまばらだ。

——今日のテーマは、一番人気でもある『花の妖精』だ。

店内は妖精が好む白やピンクの色合いの花々であふれている。

ピンクの細いストライプのワンピースはパニエで広がり、裾からは薔薇をモチーフにしたレースが覗いている。白い靴下は太ももまでの丈で、ワンピースとお揃いのレースがチラリと見える。

そんな可愛い服を着ている私は、このお店の中ではごく平凡な容姿だ。

淡い紫色のまん丸の目が可愛いと言われることもあるけれど、髪の毛と同じ薄茶色のそこまで長くはないまつげといい、本当に地味で普通だ。

オーナーに声をかけていただき、このお店に雇ってもらえたのも、趣味を極めたお菓子作りと、貴族として領地の経営に役立てようと勉強した経理の能力のおかげだということは、私自身よくわかっているつもりだ。

それから、オーナーが昔からの知り合いということも理由の一つではある。

「今朝は、めずらしくお客様が少ないわね」

そうつぶやくと、私は珍しい南国の花を見つけて指先でつついてみた。

触れた花は少し揺れて、妖精が大好きなお菓子の香りを漂わせた。

不思議な花だ。妖精が好むというのは、きっと本当の話なのだろう。

そのとき扉が開いて、お客様の来店を告げるベルが鳴った。

慌ててつついていた花から指先を離して、入り口へと向かう。

そして私はピタリと石像のように固まった。

背がとても高く、肩幅も広くてがっしりとしたお客様が、私を見下ろしている。

お一人で来店する男性のお客様がいないわけではない。

けれど鍛え抜かれていると一目でわかる体を持つそのお客様は、私の知っている限りこのお店に来たことがないタイプだった。

その美貌も相まって、その姿はおとぎ話の国に姫を助けるために現れたように見えなくもない。

——騎士様だわ。

「い、いらっしゃいませ」

「ああ……。席は空いているか」

その言葉に、私は思わず後ろを振り向いた。

見ての通り店内はガラガラだ。

「えっと、お好きなお席が選べます」

落ち着いて、スマイルよ！　リティリア！

接客の基本は笑顔だ。私は必死になって接客用の笑みを浮かべる。

「そうか……。できればあまり目立たない席がいいな」

こんなお店に一人で入ってきたのに、恥ずかしいのだろうか。

もしかして可愛いものが好きだったりするのだろうか。

「では、こちらのお席がおすすめです」

私は外から見えず、オブジェの陰になって目立ちにくい隅の席に騎士様をご案内した。

「ありがとう」

口の端を上げてほんの少し微笑んだ瞬間、厳《いか》つい雰囲気が和らいで可愛らしく見える騎士様。その周囲は発光でもしているように眩しい。

席に座る所作も優雅だ。おそらく騎士様は貴族なのだろう。

「何になさいますか？」

「…………コーヒーをブラックで」

「かしこまりました」

少し居心地が悪そうな騎士様を見ていて、デートの下見なのではないかと予想する。

喜んでもらえるように頑張ってくれるなんて、彼女さん、あるいは婚約者さんは幸せ者だ。

コーヒーを淹れる。花の香りに合わせた本日のコーヒーは、少し酸味があって華やかで、南国の果実のような甘い香りが見え隠れしている。

――それにしても、どこかで見たことがある顔なのよね？

来店した騎士様のことは確かにどこかで見たことがあった。

どこなのかは思い出せないけれど、確かに何度も見たことがある。

黒い髪の毛に、南の海みたいなエメラルドグリーンの瞳。ここ最近見たような、それでいてずいぶん昔にも見たことがあるような。

心に何かとげのようなものが引っかかったようで、何とも落ち着かない。

そんなことを考えている間に、香り高いコーヒーがいつものようにカップに注がれる。

席にコーヒーを運び、そっと差し出す。

「お待たせいたしました」

「ああ、ありがとう」

腕を組んで俯いていた騎士様は私の方を見上げると、なぜか眩しい光が入ってしまったように目を細めて、そのあと春の日差しみたいに微笑んだ。

「ご、ごっ、ごゆっくり!?」

「ああ……」

思わず声がうわずってしまった私はバックヤードに駆け込んで、ほんのひとときしゃがみ込む。

なんていう破壊力なのだろう。美貌の強面騎士様の、満面の笑みは。

騎士様はそれほど時間をかけずにコーヒーを飲むと、銀貨を私に手渡してお店を後にした。

その背中は、あっという間に王都の街中に消えていった。


「絶対見たことがある……」

どこで見たか思い出せないまま、私はその日、帰途についた。

王都で配られる新聞の号外。帰り道、何気なく受け取ったその一面には、今日お店にいらした騎士様が載っていた。

「あっ!! なぜ思い出せなかったの……。彼は王立騎士団長、アーサー・ヴィランド様だわ」

どうやって帰ってきたのかわからないまま、部屋に帰り着いて机に座った。

何度見ても、新聞の一面に載っている騎士団長様と今日いらした騎士様は同じ顔をしている。

「……雲の上のお方だったのね。……どうりで見たことがあるはずね」

今はずいぶん朧気《おぼろげ》になった記憶をたどる。

あの当時、騎士団長様を見たのは本当に遠くからだ。

レトリック男爵領を襲った数々の災害。騎士団も救援に駆けつけた。

そのときに来てくださった騎士様の中に、現在の騎士団長様もいたのだ。

レトリック男爵家の没落、流行病による母の死、その上婚約破棄に友人の裏切り。

すぐに思い出せなかったのは、あの頃の記憶に蓋をして極力思い出さないようにしていたからなのだろう。

「恩人……だったのね」

といっても、もう来ることはないだろう。急にお礼を言われても困るだろうし……。

そのときの私はそんなことを考えて、新聞を丁寧に折りたたむと、宝物のように机の引き出しにしまったのだった。

三皿目

妖精の花冠

Bitter knight &
The sweet cafe

今日のお店のテーマは、『精霊の眠る泉』だ。

苔むした地面を、泉から湧き出た水が小川となって店内を流れている。

触ると確かに冷たいのに、魔法でできているから服や靴を濡らすことはない。

……カフェ・フローラのオーナーは、天才魔術師なのだ。

光はどこから差し込んでいるのだろう。

木漏れ日の中、木から木へと可愛らしいリスが飛び移っていく。

ピンクのストライプのワンピースとは打って変わり、今日の制服は落ち着いた印象だ。

コルセットのついたエメラルドグリーンとベージュのワンピースは丈が長く、歩くたびに軽やかに揺れる。

小川のせせらぎと鳥の鳴き声に耳を澄ませた瞬間だった。

「席は、空いているだろうか」

その声は低くて、どの音よりも心地よい。

……でも、働いている最中に、森の音に気をとられてお客様がいらしたのに気がつかないなんて、店員失格だわ。

「いっ、いらっしゃいませ！」

昨日の席にご案内すると、今日も騎士団長様は席に着く。

ただそれだけなのに、あまりに優雅なその動きに目を奪われてしまう。

王立騎士団長、アーサー・ヴィランド様。

騎士団長に就任したのは一年前。

あっという間に出世の階段を駆け上がった彼に関しては、騎士団に新しい訓練法を取り入れたとか、斬新な戦術を編み出したとか、竜を単騎で倒したなど数々の武功が虚実交えて噂される。

鬼騎士団長と呼ばれているけれど、それはあまりの強さを恐れられていることと同時に、王都を守護する鬼神のような存在であることを意味しているのだろう。

「……ご注文は何になさいますか？」

夜みたいな黒い髪の中できらめくエメラルドグリーンの瞳が、なぜかまっすぐに私を見つめている。

注文を取りに来るのを待っていらっしゃったのかしら？

「あ、ああ。コーヒーを」

騎士団長様は胸元から取り出した懐中時計をチラリと覗き込んで、少し慌てたようにコーヒーを注文した。

おそらく、このあとお仕事なのだろう。

……早めに出して差し上げなくては。

慌てた私は小川に足を踏み入れて進もうとした。そのとき、なぜか腕を摑まれる。

「え？」

「――濡れてしまう」

振り返った騎士団長様は、心配そうに眉根を寄せてこちらを見つめている。

騎士団長様の手は冷たかったのに、ほどなく放された私の手は、なぜか熱を持っている。

「あの、この小川は魔法でできているので濡れません。……確かに、冷たさまで再現されていますけれど」

「えっ！　あ、それもそうだな。そんな当たり前のことに気がつかないなんて……。失礼した」

なぜか慌ててしまった様子の騎士団長様はとても可愛らしくて、噂で耳にする鬼騎士団長様とは違う人のように思える。

でも、こんな美貌の騎士様を見間違えるはずないけれど……。

「心配して助けようとしてくださったんですよね。嬉しいです。ありがとうございます」

「天使か……」

「え？」

「……何でもないから、気にしないでほしい」

不思議な単語が聞こえた気がした。

でも今日のテーマに登場するのは天使ではなく、森の精霊だ。

「では、少々お待ちください」

「ああ」

ペコリとお辞儀をして、顔を上げる。

外は寒かったのだろうか。

騎士団長様の耳はほんのり赤かった。

本日のコーヒーはナッツやチョコレートのような香りがする。

その香りは店内にあふれる森林の匂いとほどよく調和している。

「お待たせしました」

「ああ」

今日も腕を組んで俯いていた騎士団長様が顔を上げる。

「ごゆっくり」

「ありがとう」

短い会話と騎士団長様の微笑み。

つられて私も笑顔を返すと、なぜか騎士団長様は真顔になって私を見つめる。

……えっ、何か変な顔していたかしら？

慌ててバックヤードに入り、ペタペタと顔を触る。たぶんおかしなところはなかったはず。

そうこうしているうちに、あっという間にコーヒーを飲んだ騎士団長様は立ち上がり、お会計を済ませると去っていった。

「さすがに、もういらっしゃらないよね……」

私はつぶやいてテーブルを片付ける。

けれど次の日も、騎士団長様は開店とほぼ同時にお店を訪れるのだった。

＊　＊　＊

「……おはようございます。騎士団長様」

「おはよう」

黒い騎士服は、お店の中が支配されてしまったのではないかというくらい存在感がある。

頭からかぶっていたフード付きのマントを預かる。雨でずぶ濡れだ。

「騎士団長様は早起きなのですね？」

「……そうだな。早朝に起きて、鍛錬をして、この店を訪れる。ここ数日、規則正しく暮らしているな」

「……ここ数日？」

お店には、ほかにお客様はいない。

だって今日は暴風雨で、外は歩くのも難しいような天気なのだから。

私が家を出たときは、まだ雨だけで風は吹いていなかった。

オーナーは、今日の天気を考えて無理に出勤しなくていいと言っていた。

けれど、もしかしたら騎士団長様が来店されるかもしれない、と思って来てしまった。

「とりあえず、こちらで温まってください」

こんな大雨の日は、お店のテーマは決まって『日だまりの庭園』だ。

魔法で作られた日だまりに入ってもらえば、衣服はすぐに乾く。

店内は静かだ。時々、小鳥の鳴き声が響いて消えていく。

白いレースのワンピースが、魔法で作られたそよ風にふわふわと揺れる。

このテーマの日は、白い制服を汚さないよう少し気を遣う。

「外の天気が嘘みたいに穏やかだな」

「はい。でもあと二、三時間は雨も風も止まないみたいですよ？」

「……そうか。申し訳ないが、店にいてもいいだろうか？」

「もちろんです」

わざわざ聞いてくるなんて、騎士団長様は律儀だ。

それにしても、こんな天気なのに仕事に行く途中だったのだろうか。

「お仕事だったのですか？」

不思議に思って思わず聞いてしまった。

すると、騎士団長様は困ったように眉根を寄せて笑う。

ただのカフェ店員が余計なことを聞いてしまったようだ。

「今日は珍しく非番だったんだ。俺が休みを取らないと部下も取れないと副団長に怒られてな」

「そうだったんですか……」

でもなんとなく、こんな天気でなければ休まなかったのだろうな、と私は思った。

働きすぎてしまう騎士団長様の生活が透けて見えるようだ。

「では、ゆっくりしていってください！」

その日騎士団長様は、いつもの肩身が狭そうな様子ではなく、のんびりと過ごした。

そして、そのあと数ヶ月間、騎士団長様は雨の日も風の日も、店の定休日以外皆勤賞で、コーヒーを飲みに早朝のカフェ・フローラを訪れることになるのだった。

＊＊＊

……思えばつい先日、三日間来られなかったとき以外、お忙しいはずの騎士団長様は毎日カフェ・フローラを訪れていた。

「……私に、会いに？」

「そうだ、リティリア嬢、君に会いに」

「えっと、可愛いものが密かにとっても好きとか、恋人のためにデートの下見とかではなく？」

「君は俺をなんだと思っているんだ……。そもそも、デートの下見に数ヶ月かける人間がどこにいる」

「何かの潜入調査とか……」

こんな会話の最中も、私は騎士団長様にゆるく抱きしめられたままだ。

腕の中にいるとクラクラしてしまうから、そろそろ出たいです……。顔が熱いです。そう伝えたいけれど、このままこうしていたいと願ってしまってもいる。

「わかった」

ギュッと強く一度だけ抱きしめられたあと、私は手の温度とは違って温かい腕の中から解放される。

それはそれでさみしいと思ってしまう私は、わがままに違いない。

「……何が、わかったのですか？」

「リティリア嬢」

「は、はい」

何を言われるのかと、心臓をバクバクと高鳴らせながら騎士団長様を見上げる。

こちらを見下ろした騎士団長様は、どこか緊張しているように見える。

「単騎で竜に挑む羽目になったときより、緊張するな」

……そんな緊張なんて、想像できません。

——大きな竜に挑む騎士団長様……。

お姫様を助け出すおとぎ話の一幕みたいだけれど、まさか本当の話だったなんて。

それにしてもご無事でよかった。

まだまだスピードを上げ続ける心臓のあたりに握った手を当てる。

「はっきり言わなければ、伝わらないとわかった。……リティリア嬢が好きだから、会いたくて通い続けていた。できるなら俺の恋人に、そして婚約者になってほしい」

「……騎士団長様、私は」

没落してしまったレトリック男爵家とヴィランド伯爵家の家格は釣り合わない。

騎士団長様の婚約者なんて、平凡な私に務まるはずがない。

「難しく考えているのではないか？」

「……騎士団長様？」

頭に手を置かれ、そっと撫でられた。

恋人になりたいと言われたのに、子ども扱いされている気がする。

でも、頭を撫でられるのがこんなに心地よくて安心するなんて知らなかった。

「俺のことを、好きか、そうではないか、それだけを答えてほしい」

「…………」

「嫌われていない、とは思っているのだが」

「…………」

「リティリア嬢？」

優しく返事を促される。

答えはもう決まっている。

「好き、です」

目の前にいる人が好きだ。

何度も守ってくれたことも、姿形も、厳しい表情も、その優しさも。嫌いなところなんて一つもない。

「そうか」

「でも……」

「その言葉しかいらない。リティリア嬢が頭を悩ませていることは、すべて解決してみせる」

そう言って笑った騎士団長様の表情は、試合の前見たときのように、少しだけ獰猛だと思った。

「それにしても、解決って……」

首をかしげて見上げた騎士団長様は、なぜかパッと私から視線を逸らす。

「そういえば他にもう一つ話があるって、言っていましたよね？　……機密事項だと」

「嫌な話になるが」

「大丈夫ですよ」

だって、そう言って口籠もってしまった騎士団長様こそ、なぜか辛《つら》そうなのだもの。

だから私のことなんて気にせずに話してほしい。

「すまない。……実は、先日ギリアム・ウィアーがカフェ・フローラに来たことについてなのだが……」

「なにかあったのですか？」

婚約破棄されたことは、すでに私にとって過去のことになりつつある。

形ばかりの婚約者としていつも縮こまっていた私は、このお店で働いて変わることができたと思う。

今も自信がないことは変わらないとしても……。

「ああ……。実はウィアー子爵家は、すでに没落寸前らしい。そして店を訪れたときにレトリック男爵家の地下資源について語っていたが……」

ウィアー子爵家は確かに資金繰りが悪かった。

だからこそ家格は下でも、当時は潤沢な資産を持っていたレトリック男爵家の長女である私と婚約を交わしたのだ。

レトリック男爵領にはたくさんの魔鉱石が眠る。

確かに私の実家、レトリック男爵家は疫病や天災など、多くの不幸が重なって落ちぶれてしまった。それでも魔道具を動かすのに必須の魔鉱石が産出されることで有名で、時間さえあれば建て直すことができるはずだった。

けれど婚約破棄され、その上なぜか王家からの支援も滞り、魔鉱石を採掘し精錬するための資金を手に入れることができずに苦境に立たされたのだ。

そんなレトリック男爵家は弟や父、そして領民たちの努力により、ようやく再生しつつある。魔鉱石を採掘する準備も整ったと聞く。

だから私が王都にいるのも、この店で働くことができるのも、もうすぐ終わりになるはずだった。

「……三年前、通常であれば復興のために支給される王家からの支援が滞ったことと関係あるのでしょうか？」

「聡《さと》いな……。ああ、そうだ」

私の婚約破棄とレトリック男爵家の没落に乗じて、なんとか私たちの領地を手に入れようとする貴族たちの妨害により復興が遅れてしまったのは事実だ。

私を妻にしてレトリック男爵領を手に入れようとする貴族もいた。

家族のためを思えば条件のいい縁談を受け入れるべきだった。

そうしようと思ったのに……。

家族たちは、私の知らない間にそんな縁談をすべて断ってくれていたのだ。

「──目的は魔鉱石ですか」

「ああ。魔鉱石を精錬して作った魔石は魔法が使えない者が魔道具を動かすのに必須だ。……そしてもしかすると天災のあと起こった不幸な出来事のいくつかは、人為的なものなのかもしれない」

「……そうですか」

レトリック男爵領の魔鉱石の採掘については、少しだけ問題がある。

いくらその場所に魔鉱石があるとわかっていても、誰もが手に入れられるわけではないのだ……。

俯いてしまった私の頭に、もう一度大きな手がのせられる。

頭を撫でられるのかと思ったのに、その手はするりと私の髪を滑り、そのまま頬に下りてくる。

「心配する必要は、もうない」

「やっぱり、考え直した方が……」

王家からの支援を止めることができるなんて、どう考えても高い地位や強い権力を持っている人だ。

いくら騎士団長様だからって、そんな人を相手にするのは危険に違いない。

その相手が魔鉱石を目的にして動いているのなら、王都に逃れ、このお店で働くという名目でオーナーの庇護を受けている私と関わるのはもっと危険だ。

そんな私の考えなんて、たぶんお見通しだったのだろう。

視線を感じて顔を上げると、エメラルドグリーンの瞳は思っていたよりもずっと近くにあった。

「……リティリア嬢」

「騎士団長様？」

予想外にも聞こえてきたのは軽いため息だった。

「君が抱えている問題がどれほど大きくても問題ない。今の俺よりも危険な立ち位置にいる人間は、国王陛下くらいに違いない」

……その言葉の意味がすぐにはわからなくて、でも理解すると同時に私は息苦しさを覚えた。

そう、いつも優しく微笑んで余裕のある表情をしているから、つい忘れてしまいそうになるけれど、目の前にいる人は有事の際にはいつも一番前で戦い、王国の中枢にいるお方なのだ。

「いつ死ぬかもわからない場所に立つ俺の人生に、誰も巻き込みはしないと決めていたし、できると思っていた」

私の肩に、トンッと背中を丸めた騎士団長様が額を当てる。

「――王都で、もう一度君の姿を見るまで」

私が抱えているものよりも、ずっと大きなものを抱えたまま、誰も巻き込みたくないと願っていた騎士団長様は、本当に優しい。

「もう一度？」

「俺は誰かを愛すことなんてないと、愛さずに生きていけると、かたくなに信じていた」

私の肩に、まるで懺悔《ざんげ》でもするように押しつけられた額。

私にできることなんて何一つ思いつかないから、せめてそっと抱きしめて頭を撫でる。

明るい瞳の色と対比をなす、真っ黒な髪の毛。もっと硬いのかと思ったのに、予想よりずっとやわらかい。

「リティリア嬢、君は、俺に巻き込まれた自覚はあるのか？」

「騎士団長様……」

「すべてをかけて、守ると誓う。君の憂いをすべて取り除こう。恋人、婚約者なんて願いすぎだとわかっている。……好きだと言ってもらえただけで、俺は」

おそらく、私が抱えているレトリック男爵家の秘密なんて、王国の秘密の中ではそれほど大きくないに違いない。

その秘密が周囲に知れ渡れば、それなりの騒動に巻き込まれるのは想像に難くないとしても。

「全部、話します」

騎士団長様は王国最強で、鬼騎士団長なんて呼ばれているのに、守ってあげたくなる。

もちろん私は、何一つできない。

それでも、そばにいてもいいのなら危険に身を置く覚悟だけは持てそうだ。

……騎士団長様が、そんな場所に一人で立っているって、理解してしまったから。

「そばにいます。だから、守ってくださいね？」

口にすることができないのは、騎士団長様を守りたいという、ただのカフェ店員の私には叶えられない願い。体を離して、けれど決意を込めてエメラルドグリーンの瞳を見つめる。

それなのに、顔を上げた騎士団長様は、「約束する」と晴れやかに笑ったのだった。

騎士団長様が差し出した大きな手に、私の手を重ねる。大人と子どもみたいに手の大きさには違いがある。

私の手をギュッと握り、騎士団長様が口を開く。

「……そろそろ食事にしようか」

「――もうそんな時間ですか。それでは、ご迷惑にならないようにそろそろお暇《いとま》しますね？」

「……なぜそうなる。リティリア嬢を歓迎するために、食事の用意をしているに決まっているだろう」

「え？」

「いつも、ごちそうになってばかりだからな」

自分が払ったお金でコーヒーを飲んでいるだけですし、結局サンドイッチだって自分で払ってしまったのに……。

ほんの少しつけたお菓子も可愛いクマのぬいぐるみのお礼だから、残念なことに、私は一回も騎士団長様にごちそうなんてしていないのだ。

「えっと……」

「難しいことを考えるな。……そうだな？　君と一緒に食事がしたい。いつも一人で食べているからな」

「あ、その……」

「……ダメだろうか？」

……ダメなはずない。首をかしげて、ほんの少し不安そうにも見える表情の騎士団長様。

さすがに、そんな可愛らしい表情を前にして断ることなんてできない。

「あの、ではお言葉に甘えてご一緒させていただきます」

伯爵家の晩餐に招待された、完全に普段着の私。

実は、私は庶民が着ているようなワンピースしか持っていない。

領地には、貴族として参加が義務づけられるパーティーのために一着は残してある。でも、ほかのドレスはすべて領地の復興の足しにするため売ってしまったのだ。

チラリと自分の服を見つめた私の視線に気がついたのだろう、騎士団長様はそっと私の頭を撫でた。

「俺しかいないから、気負わないでほしい」

「……ありがとうございます」

「ドレスを贈りたいな」

「……え、遠慮します」

そこまでしてもらうわけにはいかない。レトリック男爵家も徐々に持ち直してきている。

どうしても必要なものであれば、父か弟に手紙を送れば用立ててくれるはずだ。

「とりあえず、食堂に案内しよう」

「ありがとうございます」

ゆっくりとしたスピードで歩き出した騎士団長様。私はそのあとに続く。

「あれ？　廊下に花が飾ってありますね」

「……」

「先ほどまでなかったはずなのに」

「……」

黙ってしまった騎士団長様。

不思議なことに、至るところに花が飾られて、先ほどこの場所に来たときの寒々しい雰囲気が消えている。

「……普通に、客をもてなすだけだと言ったはずなのだが」

「……え、本当に私、この格好でご一緒していいのでしょうか」

食堂の扉を開いた私たちは、しばらくその場から動けなくなった。

王宮の晩餐会かな？　というぐらい豪華で品数が多い色とりどりの料理が並べられた食卓。

それを背景に、ずらりと並んだ使用人が私たちを出迎えていた。

＊　＊　＊

「すまない……。予想以上に大事になっていたな。この屋敷に人を招くのは、実は初めてなんだ」

「……光栄です」

屋敷に人を招くことがない。……個人の邸宅でほとんど帰っていないと言っていたのだから、そういうこともあるのだろう。

改めて浮かぶのは、人の気配はなくても掃除が行き届いたお屋敷の中。整えられたお庭。

間違いない。騎士団長様を敬愛する使用人たちは、ずっとお客様をもてなしたかったのだ。

「……なおさら、最初のお客様が私なんかで申し訳ないわね」

こんな、いかにも庶民的な格好をした女性が訪れて、残念に思っているのではないだろうか……。

「そろそろ顔を上げるように」

その言葉に合わせて、使用人たちが一斉に顔を上げる。

その動きは一寸の乱れもなくて、思わず感心してしまう。

「——このたびはお招きいただき、このような歓迎まで……。ありがとうございます」

久しくすることがなかった貴族令嬢としてのお辞儀。

ドレスではなく丈の短いワンピースだけれど、少しだけ持ち上げてみる。

男爵家の父と大恋愛の末結婚した母は、伯爵家の三女で、礼儀作法にはとても厳しかった。

「……美しい礼だな」

「お褒めにあずかり光栄です」

「しかし今日は感謝の気持ちを伝えるために用意した食事だ。気負わず食べてほしい」

「ありがとうございます」

椅子を引かれ、促されるままに席に着く。

こんな風に誰かと食事をするのはとても久しぶりだ。

騎士団長様は私の右隣に座る。

目の前の料理に、先ほどまでの緊張を忘れ目が釘付けになる。

「可愛い……」

ガラスの器の中に見えるのは、まるで森の中みたいな小さな景色だ。

小さく可憐な花を模したお野菜。一つ一つが本物の花のように精巧だ。

色とりどりの野菜とソースが入っていて、食べずにこのままお部屋に飾っておきたくなる。

「こ……これは、新メニューが浮かんでくるようです」

「カフェ・フローラの話をして以来、本邸の料理長がこだわっていてな……。ところでメニューもリティリア嬢が考案しているのか？」

「ふふ。少し意見を言うだけです。それにしても食べるのがもったいないですね……」

「食べてくれ。その方が料理長も喜ぶだろう」

本邸から、このためにわざわざ来てくださったのだろうか……。

そっとフォークですくったら、小さな森は壊れてしまった。

もったいないと思いながら口にすれば、かけられたソースは甘くて少しだけピリリとしていて食欲をそそる。

「美味しいです！　でも、こんなにたくさん……。騎士団長様は、朝食以外はよく召し上がるのですね？」

「……今夜は特別だ」

「そうなのですか？」

レトリック男爵家の食事は、没落する前からどちらかといえば質素だった。

懐かしい故郷。離れてからもう三年も経つ……。

「ところで、明日は定休日だったな？」

「そうですね。早朝にお会いできないのが残念です」

「……もし良かったら明日、少しだけ付き合ってくれないか？」

お肉はナイフなんていらないのではないかと思うほど軟らかい。切り分けていた私は、その言葉に顔を上げる。

「先約があるだろうか」

「いえ……。とくに何も」

いつもの休日通り、先約などない。きっとレシピ本を読んでいるかお菓子を試作しているかのどちらかだろう。

「そうか。ところで泊まっていかないか？」

「えっ!?」

聞き間違いかと思って、エメラルドグリーンの瞳をまっすぐに見つめてしまう。

けれど騎士団長様は、ほんの少しだけ口の端を歪めた。

驚いて見つめてしまった私に、騎士団長様は明らかに苦笑している。

そこでようやく、私は話の意図に気がついた。

……そうよね。先ほどの話から考えて、一人暮らしのアパートに帰るのは確かに危険だわ。

レトリック男爵領で産出される魔鉱石は純度が高く価値が高い。

魔鉱石自体は市場で流通量が足りないという話は、耳にしていないけれど……。

——三年前の出来事は、魔鉱石が関連しているようだ。

そしてレトリック男爵領の魔鉱石を手に入れるには、どうしても私が必要になる。

「一人でいるのは危険だから、ですね」

「そうだな。……それもある」

一つ深呼吸をする。ご迷惑をかけたくはないけれど、もし一人でいるときに何かが起こったら、もっと迷惑をかけてしまうに違いない。

「——お言葉に甘えます。それから、明日になったらオーナーにも匿《かくま》ってもらえないか聞いてみ……」

次の瞬間、私の唇は騎士団長様の指先でプニッと押さえられていた。

「ひゃっ!?」

その指先は、私の見た幻だったみたいにすぐに離れていく。

ジンジンとしびれる感覚だけ残して。

「今の言葉は聞き捨てならないな」

「えっ、騎士団長様？」

「もちろん、ここに泊まっていいかないかと聞いたのは、リティリア嬢の安全を確保するためでもあるが……」

「……ありがとうございます」

なぜなのかしら、急に獰猛に見える顔で笑った騎士団長様。

「ここまではっきり伝えてもわからないか？　……違うだろう？」

「え？」

いつも優しく笑っていて、お店の中でどこか遠慮がちに過ごす騎士団長様と、目の前にいる人が違う人に見えてしまう。

その表情を見つめているうちに、胸がひどく苦しくなってくるのはなぜなのだろう。

「リティリア嬢と一緒にいたいという俺の気持ちに気がつかずに、ほかの男の庇護を求めるなんてひどくはないか？」

「え、ええ!?」

言葉にすると、ずいぶんひどい悪女のように聞こえてしまいますが……。

確かにオーナーはものすごい美形で、私のことを守ってくれて、とても親切で素敵な人だと思う。

でも、オーナーの前にいても、騎士団長様の前にいるときみたいにドキドキしない。

「……オーナーは、兄のようなもので」

王国の筆頭魔術師であるオーナーとは、まだ私が子どもの頃、ある出来事をきっかけに出会った。

それ以来オーナーは私のことを恩人だと言って、いつも助けてくれる。

レトリック男爵家が没落したときにも、弟を通じて良い場所があると私を王都に呼び寄せてくれた。

オーナーが用意していた場所、というのがあまりに可愛らしいお店だったから、とても驚いたけれど……。

「すまない。……少しだけ、嫉妬してしまったようだ」

「え？　しっと？」

「――聞かなかったことにしてくれないか」

じっと私に向けていた視線をそらした騎士団長様の耳は、今日も赤い。

部屋の中は寒くなんてないのに。

それに気がついてしまった瞬間、私の頬は熱を帯びていく。

黙り込んでしまった私たちの目の前に差し出されたのは、きらきらと宝石みたいに輝くカラフルな氷が浮かんだソーダだ。

そこにのっているピンク色の薔薇の花をかたどったアイスクリーム。

添えられたサクランボは、魔女様からいつも分けていただくものと同じで七色をしている。

「すごい……。この氷、本物の宝石みたいですね」

「そうだな……。手が込んでいる」

氷が溶けてしまう前に一口飲む。

今度はストローでクルクルとかきまわしてから飲む。

「思った通り……。氷が溶けると味が変わるんですね」

溶けた氷がソーダをほのかな紫色に染めていく。

それはどこか私の瞳と似た色にも思える。

いい香りがする、と思いながらパクリと食べたアイスクリームからは、ベリーと薔薇のほのかな香りが漂ってきた。

「すごい!!　ものすごく美味しいです」

感動してしまった私は、顔を上げて騎士団長様に笑いかける。

騎士団長様の男らしい喉元がゴクリと音を立てた気がして、ほんの少し首をかしげる。

「喉が渇いたのですか？　騎士団長様も飲みましょう？」

「いや、ちが……」

「え？」

「……うん。喉が渇いたようだ。いただこう」

騎士団長様は、氷が溶けるのも待たずにソーダを一気飲みした。

そういえば、騎士団長様のソーダにはアイスクリームがのっていない。

やっぱりブラックコーヒー派の騎士団長様は、そこまで甘いものが好きではないのだろうか。

料理長はきっと緊張した雰囲気を和らげるために飲み物を出してくださったのだ。

……固形物だったら、こんなに爽やかに喉を通らなかった気がするもの。

アイスクリームは冷たくて甘さ控えめで、口の中でなめらかに溶ける。

それでいて氷とソーダに当たっていた部分は、サクサクしている。

……この部分が好きなの。そんなことを思いながら、スプーンですくい上げて口に含む。

「うう、この店に毎日通います」

こんな美味しいものが出てくるお店なら、きっと大人気になるだろう。

カフェ・フローラも大好きだけれど、私はその店の常連と言われるくらい通うに違いない。

「ああ、ずっとここにいてくれ」

「………え？」

「後ろで小躍りしている料理長は、君のために毎日作るだろう」

「っ……!?」

しまった、このデザートを作ったのは、ヴィランド伯爵家の料理長だったのに！

まるで催促したみたいになってしまったと赤面し俯く。

「……あの、今の言葉、なかったことに」

「いいや。……料理長、そんなところから覗いていないでリティリア嬢に挨拶するといい」

私に挨拶をするために出てきてくださった料理長に、挨拶を返す。

――レシピについて聞くなら今しかない。

私は羞恥心も忘れて、先ほどから気になって仕方がなかったレシピについて質問する。

「……あの、この氷に使われているベリーは、何という種類でしょうか？」

「お目が高い!!　それは氷結ベリーといってですね……」

そこからつい、使われているベリーの種類や宝石みたいな氷の作り方など、気になることを次々に質問してしまった。

それをきっかけに料理長と意気投合した私は、騎士団長様を置き去りにして料理談義に長時間花を咲かせてしまったのだった。


——長時間話し込んでしまった私と料理長。

料理長が退室してからも、しばらくの間、新作のメニューが浮かんでしまって、私は思考の海に沈んでいた。

「そろそろ、食事を終えようか？」

「————あ」

その声に我に返る。

こんな風にお待たせしてしまって機嫌を損ねてしまったのではないかと恐る恐る顔を上げたけれど、予想に反して騎士団長様は楽しそうに口の端を上げていた。

「……お待たせしてしまって、申し訳ありません」

「いや……。はは」

なぜか声を上げて笑った騎士団長様は、本当に楽しそうだ。

お菓子や新しいメニューについて料理長と語り合っている間、私はとっても楽しかったけれど、騎士団長様は会話に参加してこなかった。

——それはそうよね。料理とかお菓子作りに興味がありそうには見えないもの。

それなのに、不思議なほど騎士団長様は満足そうだ。

「えっと、何か面白いことがありましたか？」

「いいや。ただ、料理やお菓子の話をしているとき、リティリア嬢は表情豊かで見ていて飽きないな、と思って」

私の顔を見て笑っていたのね、とほんの少し頬を膨らましていると頭を撫でられる。

騎士団長様は私のことを好きだと言ってくれるけれど、すぐに子ども扱いする。

「……私、ちゃんと成人した大人ですよ」

「……知っている」

「子ども扱いしてますよね……」

「そうだな。だが君にとっては子ども扱いされている方がいいと思うが」

「……？」

騎士団長様のことが大好きだとハッキリ認めたのに、子ども扱いされたままの方がいいなんてあるはずない。そう思うのに……。

「はあ……。無邪気だな」

やっぱり子ども扱いだ。どう考えても大人の女性として見られていない。

……魅力が足りないのかしら？

今日も麗しくて、強そうで、とてもカッコいい、騎士服姿の騎士団長様。

それに引き換え私は普段着で、この場にそぐわない。

そんなことを考えてしまって、ぼんやりと床の絨毯の模様を眺めていると急に足元が浮き上がった。

「きゃっ!?」

「これから、一つ屋根の下に泊まるというのに警戒心のかけらもない。普通に考えれば、相手にされていないと不安になるのは、俺の方だと思うが」

お姫様抱っこされて、驚きのあまり私は何も言うことができなくなった。

そんな私を抱えたまま、騎士団長様は足早に歩き始める。

長い廊下は先ほどまでの寒々とした雰囲気が嘘のように、花があふれて華やかだ。

すれ違うたびに使用人たちが洗練されたお辞儀を披露していく。

騎士団長様は、そのまま速度を緩めることなく階段を上り始める。

ゆらゆらと不安定なのが怖くて、私は思わず騎士団長様の首に手をまわしてすがりついた。

目的の部屋にたどり着いたのか、私を抱えたまま器用に扉を開けた騎士団長様は、そのまま室内を通り過ぎて広いバルコニーへ出た。

すでに夜の帳《とばり》が下りて、真っ暗な夜空に月と満天の星が輝いている。

その場所で、ようやく私は床に下ろされた。

「────騎士団長様？」

「少しだけ、思い出話を聞いてくれるかな」

急に暗い場所に出たから、月明かりだけでは騎士団長様の表情は見えない。

「三年前……。遠征先で美しい少女に出会った」

──暗闇に目が慣れてくる。

月の光に照らされた騎士団長様の表情は愁いを帯びていて美しく、黒い髪の毛は夜に紛れて消えてしまいそうなほど儚《はかな》い。

騎士団長様が話してくれたのは、私が婚約を破棄される直前、三年前の出来事だった。

＊＊＊

俺はヴィランド伯爵家の長男だ。しかし本妻の子どもではない。

俺の母は、伯爵が政略結婚をする前に恋人だった女性だ。

「アーサー殿、これはあんまりです」

周囲を見渡しながらつぶやいたのは、当時隊長だった俺とともに副隊長を務めていた現在の副団長シードだった。

士官学校からの付き合いのシードは、命の危険があり、実入りも少ないこの場所になぜかついてきてくれていた。

実母が亡くなると同時に俺は伯爵家に引き取られたが、そこに居場所はなく冷遇されていた。三年前レトリック男爵領への赴任が決まったのも、俺を疎《うと》んだ義母の要請によるものだった。

「ついてきてくれて、感謝している」

隊長の肩書きを持つのは伯爵家の人間だからだと周囲からやっかみを受け、それを払拭しようと戦いに明け暮れれば鬼と呼ばれる日々。

レトリック男爵領は、何年も続いた天災だけでなく、流行病、飢饉《ききん》、そして謀《はか》られたかのように領地を襲った魔獣の大群により、赴任すれば帰還は困難だと言われていた。

没落を待つだけの領地に行きたい者など誰もいなかった。

「ここは、伯爵家の人間が赴任されるべき場所ではありません」

「まあ、俺が伯爵家の人間だと認められていたならな」

しかし領地の中心には救護所が建てられ、物資も潤沢にあった。

「なあ、困窮しているというのは誤情報か？」

「おかしいですね。聞いた話によれば、負傷者や病人まで物資が届かず、もっと荒れていてもおかしくないはずですが」

そのとき、身なりのよい少女が俺の前を水が入った桶を抱えて通り過ぎていった。

――彼女の白い腕は細くか弱い。一見しただけで、力仕事などしたことがないとわかる少女だった。

思わず目で追う。その少女は迷う素振りも見せずに救護所へと入っていった。

彼女は手入れされた艶《つや》めく淡い茶色の髪を無造作に結んでいた。

宝石のように輝く淡い紫色の瞳は美しく、一度見たら忘れられないだろう。

思わず覗き込んだその場所で、少女は膝をつき、ドレスが汚れてしまうのも気にせず負傷者の世話をしていた。

「……あの所作、明らかに貴族令嬢として教育を受けているよな？」

「……信じられませんが、あの年代で淡い紫色の瞳を持つ貴族令嬢を俺は一人しか知りません。リティリア・レトリック男爵令嬢で間違いないでしょう」

「まさか。貴族令嬢がこんな場所に来るはずないだろう」

「俺も信じられませんが」

救護所から距離をとり、副隊長のシードと俺は魔獣にでも化かされたかのように顔を見合わせた。

貴族令嬢はいつも着飾り、きらびやかな場所にいて、自分自身のことすら人に任せる。

それは偏見などではなく、一般論であり事実だ。

「リティリア・レトリック男爵令嬢……」

前線に駆り出され続け、誰からも認められない毎日。そんな生活に嫌気がさし、いつ死ぬかもわからないことにすら、諦めを感じていたのに……。

その日からある出来事で王都に呼び戻される日まで、俺は魔獣との戦いの合間、救護所で働く美しい少女リティリア嬢を、気がつけばいつも目で追っていた。

――どこか心が浮き立つような日々。今思えば、それが俺の初恋だった。

けれど、幸せな日々が永遠に続くことなどない。

「……弟が？」

魔獣との戦いに明け暮れていた俺に届いたのは、ヴィランド伯爵家の後継者であるはずの弟の訃報だった。熱病にかかった弟はもともと体が弱かったこともあり、あっけなくこの世を去ったという。

その日、王都に急遽《きゅうきょ》戻ることになった俺は、せめて一度だけでもリティリア嬢に声をかけようと思った。

しかし、彼女の姿を見つけることはできず、レトリック男爵領に別れを告げることになる。

レトリック男爵領には豊富な地下資源があり、リティリア嬢がウィアー子爵家嫡男と婚約もしていることから、すぐに復興すると考えていた俺は浅はかだった。

まさか婚約が破棄され、王家からの支援も何者かの手によって途絶え、リティリア嬢が行方をくらませてしまうとは……。

＊＊＊

「リティリア嬢……。もしあのとき知っていたなら、君をなんとしても助けたのに」

……そこまで話した騎士団長様は、言葉を切った。弟さんが亡くなって、急に伯爵家の後継者になり、それでもずっと最前線で騎士団長様が戦い続けていたことを私は知っている。

無意識に動いた私の体は、騎士団長様を抱きしめていた。

もうすっかり真っ暗になってしまったバルコニーには、私たち二人きりだ。

――苦しかった三年前……。

時々その姿を見かけた素敵な騎士様が、私のことを見ていてくれたなんて信じられない。

でも、そのとき、苦しんでいた騎士団長様にもし寄り添えたなら。

「大丈夫です。私、今とっても幸せです」

「そうか……。そうだな、俺がそばにいなくても、この目に映る君はいつも笑顔だった」

騎士団長様はこんなに素敵で、優しくて、強くて、地位も名誉も何もかも持っているのに、なぜか自信なげだ。

「……レトリック男爵領を支援してくださっていたそうですね」

「それは、魔鉱石が豊富なレトリック男爵領に投資する意義を感じたからだ」

「……ありがとうございます」

その言葉は事実だろうが、それでいて本質を隠しているような気がした。

「そんなことに恩を感じてもらいたくない」

大事な故郷を助けてもらって恩を感じないはずがないし、なんとか返したい。

「もし、私のことを思ってしてくださったことなら、とても嬉しいのですが。勘違いでしょうか」

なぜか落ちてくるのは、観念したような長いため息だ。

「……そう、認めるべきだな。結局のところ君を手に入れたくて俺は……」

でもきっと、魔鉱石のことを抜きにしても騎士団長様は助けてくれたに違いない。

三年前から行われていたヴィランド伯爵家からレトリック男爵領への融資も、あくまで対等な立場から申し出があったという。

おかげで王家からの支援が得られなかった領地は、なんとか持ちこたえることができたのだと、私と騎士団長様の噂を耳にした弟からの手紙に書いてあった。

「騎士団長様は、嘘つきです。……でも、もしそうだったら嬉しいです」

「リティリア嬢には、敵わないな」

そう言って抱きしめてきた腕がなぜか不器用に思え、私は抱きしめ返しながら、とても可愛らしいと感じたのだった。

＊　＊　＊

それから、騎士団長様のお屋敷からカフェ・フローラに通う日々が始まった。

騎士団長様は私よりも少し遅れてお店に入って、コーヒーを飲んでお仕事に出かける。

もちろん、夜警もあるから帰ってこられない日もある。

そんな日も会えないことはない。

——この場所に、騎士団長様は必ず現れるから。

「律儀ですね……」

「何がだ？」

「毎朝、コーヒーとサンドイッチを召し上がりにいらっしゃることです」

「……ん？」

不思議そうに、騎士団長様は首をかしげた。

何かおかしなことを言ったかしらと、と私も一緒になって首をかしげる。

「リティリア嬢、君に会うためだという発想はないのだろうか」

「え、毎日のようにお会いしているではないですか」

「……それでも、ここで働いている君を見るのが好きなんだ」

今日のテーマは、『どこまでも続く草原と、ミツバチに蝶』。

私の衣装は、小さな羽がついた、黄色と黒をベースにしたミツバチをイメージしている。

チョウチョも選べたけれど、少々フリルとビジューが多くて、平凡な私には着こなせそうになかったのだ。

「今日の衣装も可愛いな？」

コーヒーを飲んで、栄養が偏らないよう中身に気を遣ったサンドイッチを平らげると、騎士団長様は席を立った。

「――――そうですね」

これでもかというくらいボリューミーなパニエによって広がったスカートは、歩くたびにフリフりと揺れる。まるで空を飛ぶミツバチみたいだ。

草原一面に咲いているのは一つ一つは主張しない可憐な花々だけれど、一面に咲き誇っている景色は壮観だ。

店内を満たすようにほのかに香るのは、花の香りかそれとも甘い蜂蜜の香りか。

「ところで、この景色はどことなく君の故郷に似ているな？」

「……そう、ですね」

「……レトリック男爵領には、いつ向かう？」

「……来週には」

「そうか」

――そう、呼び戻されているのだ。

この景色は、私の故郷レトリック男爵領をモデルにしているに違いない。

……オーナーと初めて会ったのも、こんな場所だった。

「ひと月ほど王都を離れますが、お店をやめるわけではありませんから」

「……そうか、ひと月か」

「騎士団長様？」

「…………」

黙り込んでしまったあと、騎士団長様はなぜか私を見て困ったように微笑んだ。

「忙しくなりそうなんだ。しばらく屋敷に戻れそうもない。……ここにも来られないかもしれない」

「えっ、そうなの……ですか」

私、旅立つまで、毎日会えると勝手に思い込んでいたみたい……。

騎士団長様に一日会えないだけでさみしいのに、出発直前も会えないなんて。

本当に騎士団長様には会えず、私は出発までの一週間、気落ちしたまま過ごしたのだった。


——あれから一週間。

お言葉通り、騎士団長様はお屋敷にも帰ってこなかったし、カフェ・フローラにも来なかった。

「大丈夫？　今日発つのよね？　目の下に隈ができているわよ」

「ん、大丈夫。心配かけてごめんね？」

今日も金色の髪の毛と淡い水色の瞳が美しいダリア。キラキラと透ける鱗《うろこ》のような飾りがついた、人魚姫をイメージした制服を身につけた彼女は可愛い。

バックヤードに戻りながら振り返った店内は、淡い水色に染められて、水面を通した光がユラユラと差し込んでいる。

「きれい……」

本当に水の底のお城みたいだと感心しながら、この美しい景色を騎士団長様と見られなかったことだけを残念に思う。

——でも、さすがに一度は帰らなければ……。魔鉱石の採掘については、私抜きでは話が進まないのだから。

魔鉱石の採掘準備が整ったと手紙に書かれていた以上、どうしても領地に帰らなければいけない。

私か弟がいなければ、採掘は進まないのだから……。

それに、私が行った方が採掘は格段に効率が良い。

忙しい弟に任せきり、というわけにはいかないだろう。

のろのろと着替えて、ロッカーに入れておいた荷物を背負い、裏口から外に出る。

「あれから一度も騎士団長様にお会いできなかった……」

口にしてしまえば、涙が出そうになるほど切ない。

いつの間にこんなに依存し、好きになってしまったのだろうか。

俯いた私に影が差す。

「……そんな風に切なく名を呼ばれるなんて、喜んでもいいだろうか」

「っ、騎士団長様!?」

勢いよく見上げた視線の先には、なぜか私服姿の騎士団長様が荷物を背負って立っていた。

「今日発つのだろう?」

「はっ、はい！　あの、見送りに来てくださったのですか?」

「……そう見えるか?　ところで、そのクマのぬいぐるみ、持っていくのか?　荷物になるのでは」

「……」

大きなリュックを背負った私は、大事にクマのぬいぐるみを抱えている。

騎士団長様にお会いできないまま旅立つならせめてこれだけはと持ってきたのだけれど、まさか見られてしまうなんて。

「騎士団長様と一緒にいるような気持ちになれるので」

「く……。なんだそれは」

騎士団長様が口元を押さえ、眉間にしわを寄せた。

子どもっぽいとあきれられてしまったようだ。

「本当にリティリア嬢は、俺のことをダメにするほど可愛いな」

「えっ、ええっ!? 何言っているんですか」

「……仕方がないだろう。嘘偽りない本音だ」

けれど、予想に反して騎士団長様の口からこぼれたのは、私のことをなぜか可愛いと褒める言葉だった。

そして驚くべきことに騎士団長様がずっとお屋敷に帰らず、お店にも来られなかった理由は、長期休暇を取るためだった。

「リティリア嬢は狙われている。一人旅なんて危険だ。いや、それ以上に可愛いリティリア嬢が一人旅なんてしていたら、周囲が放っておくはずがない……!」

「ふふ、そんな心配はないと思いますけど……。でも、嬉しいです」

寝る間も惜しんで仕事をして、騎士になって初めての長期休暇をもぎ取ってきてくれた騎士団長様。

その目元には、激務を物語るようにくっきりと隈ができている。

申し訳ないと思いつつも、一緒にいられることが嬉しすぎた私の口元は緩んでいるに違いない。

――なぜか子どものように手を引かれて、用意されていた馬車に乗せられる。

「あの、乗合馬車で行こうと思っていたのですが」

「予想通りだな。……危険だとは思わないのか？　先日、屋敷に泊まったときにしても、君は無防備すぎる」

「うっ、それは言わない約束です」

基本的に早番でカフェ・フローラの開店から働く私の就寝時間はとても早い。

しかも最後に料理長が振る舞ってくれた飲み物には、リキュールが使われていたらしい。

「寝顔が可愛らしかったな……」

「っ、ふぁ!?」

真っ赤になった私を見つめて、照れるでもなくそんなことをつぶやいた騎士団様。

馬車の中で握られた手は、まるで子ども同士がつないでいるみたいだ。

「……か、からかわないで、ください」

「そう感じたか、すまない。だが、きちんと耐えた俺を褒めてほしいくらい、あの日のリティリア嬢は可愛らしかった」

「…………!?」

――あ、なんだか、馬車の中が暑くないですか？

騎士団長様まで、自分で言っておいて照れるのはやめてほしいです……。

馬車の中は妙に暑くて、それなのに私たちの手は握られたまま離れることはない。

「……レトリック領か、久しぶりに行くな」

「そうですね。私も三年ぶりです」

離れるときには私くらいの背丈だった弟も、もうすぐ成人だ。

あの頃から私の背は伸びていない。きっと、身長も抜かれてしまったことだろう。

大切な弟の成長を見ることができなかったことを少し残念に思いながら、故郷に思いを馳《は》せる。

「……ところで、君のことを王弟殿下の私兵が嗅ぎ回っていた。レトリック領の復興に王家からの支援がなかった件だが、当時の責任者は王弟殿下だった……」

「騎士団長様……」

「なぜレトリック領と君が目をつけられたのか、心当たりはあるか？」

「はい……。魔鉱石という意味では、思い当たることがあります」

「魔鉱石か……。レトリック領が主な産出地域だが、領内での採掘方法は謎に包まれているらしいな」

「はい……。幼い頃から決して秘密を漏らさないように言われて育ちました」

「そうか……」

そこまで一息に言った騎士団長様は、ほんの少し逡巡《しゅんじゅん》するかのように黙り込んだ。

そして長く息を吐き、私の目をまっすぐに覗き込んだ。

けていたようだった。

「俺は、なんとしても君を守り抜く」

伏せられたまつげがあまりにも長いから、思わず見惚《みと》れてしまいそう。

握られた手は、そのまま騎士団長様の口元へそっと持っていかれて口づけられる。

「……リティリア嬢、俺にすべて話してくれるな？」

甘い口づけや所作とは裏腹に、騎士団長様の目は全く微笑んでいなくて、嘘はつくなと圧力をかけているようだった。

――こうなったら、すべてを話すしかない。

騎士団長様は、私に巻き込まれる覚悟をしてくださった。

嘘をつくことも、なにも話さずに黙り込むことも、もうできない。

「……レトリック男爵領には妖精の棲家《すみか》があるんです」

「妖精か……」

否定されなかったことに驚いて、騎士団長様の顔を見つめる。

「見たことあるのですか？」

「騎士をしていれば、そういった不思議な生き物と出会うこともあるさ」

「……そうですか」

先ほどとは打って変わって微笑んだ騎士団長様がうなずき、話の続きを促す。

「レトリック男爵領の魔鉱石採掘場所は妖精の棲家になっていて、その場所に行けるのは、今現在私と弟だけなのです」

「そうか……。サンドイッチに挟んであった辛味のある花。妖精が好み蜜を取り出した花だけがあの味になるそうだな？　リティリア嬢が手に入れたのだろう？」

「……私が好きなので、弟が送ってくれるんですよ。妖精が住む森でしか手に入りませんから」

そのことを告げると、騎士団長様は考え込むように手を口元へと持っていった。

そんな姿も絵になるな、と思いながら見つめていた私を騎士団長様が見つめ返す。

「その、瞳か」

「…………」

紫色の瞳は珍しい。

紫色は妖精や精霊が好む色だと言われている。そして、高い魔力を有するという証拠だとも……。けれど、後者に関しては迷信に違いない。残念なことに、私は魔力があっても魔法を使うことができないのだから。

騎士団長様の親指が私の目元に触れる。

「騎士団長様……？」

「そうか。弟君も同じ色の瞳をしているのだったな……」

「……はい」

私と違って出来がいい弟は、魔法を使うことができるけれど……。

それでもこの瞳を持って生まれたから、なんの取り柄もない私だけど、あの森に入ることができる。

「私と弟は妖精の棲家に入ることが許されています。でも、他の人を連れて入ることが許されるのは私だけだから……」

「なるほど、つまりリティリア嬢がいなければ、弟君が一人で採掘するしかないということか……」

「ええ、だから魔鉱石の採掘準備が整ったら、頃合いを見て領地に戻る予定でした」

そのことを説明したところ、騎士団長様はようやく厳しい表情から笑顔になった。

「そうか。このことを知っているのは？」

「父と、弟と、採掘に関わる一部の人たちだけです」

「なるほど。それなら王弟殿下は一部の人間しか読めない資料に記載された内容から察した可能性が高いな」

急に元婚約者のギリアム様が訪れたのも、そのことが関係しているのだろうか……。

レトリック男爵家の魔鉱石を手に入れたいなら、私が必要になるから……。

「俺も騎士団長になってから、騎士団長の権限で読めるものは、できる限り目を通すようにしてきた」

「……と、いうことは、騎士団長様は、もうすでに知っておられたのですか？」

「騎士団長だからな。国内外の情報は得ている。それでも、君の口から聞きたかった」

俯いた私を、正面から騎士団長様が抱きしめた。

「君の力に、なれるだろうか？」

「力になれるもなにも、頼もしすぎます」

ただ私がしてあげられることは、それに比べてあまりない。そのことがチクリと痛かった。

＊　＊　＊

――旅は想像以上に楽しかった。

領地から王都に向かうときは、誰かに見つかってはいけないと身を隠していたし、領地の危機と婚約破棄のせいで気分も落ち込んでいた。

「あれは？」

「あれはこの地方独自の染料を取るために、花びらだけをむしって干しているんだ」

「あれは？」

「あれは先ほどの花から取り出した染料で色をつけた布を干しているのだろう」

「さっきの花と色が違いますね」

「ああ、花は赤いが、取り出した染料は紫色をしている。……リティリア嬢の瞳の色に似ているな。布を買っていこう」

そう言って騎士団長様が連れていってくださったのは、先ほどの花で染めた布がたくさん置いてあるお店だった。

鮮やかな色ほど高級らしいけれど、騎士団長様が選んでくださったのは、私の瞳と同じ淡い紫色の布だった。

「最高級品を贈りたいが、この色の方がきっと似合うから」

「嬉しいです……」

「あとで、ドレスに仕立ててもらおう」

「……ドレス、ですか」

「ああ。どちらにしても社交は避けられない。それならば、誰よりも美しく着飾って、俺の隣に並んでくれないか」

「私なんかが……」

後ろ向きな言葉に、騎士団長様はどこか余裕を感じさせる笑みを見せて、私の肩をそっと引き寄せた。

「――俺の隣にいてほしいのは、リティリア嬢だけだ。これから先、俺はリティリア嬢としか踊る気はないのだが……。ダメだろうか？」

「うぅ……。ダメではないです」

お屋敷で思いを確かめ合って以来、騎士団長様はなぜかグイグイ攻めてくる。

ようやく恋心を自覚したばかりの私では、とても太刀打ちできない。

騎士団長様は私よりもずっと大人だから、きっといろいろな経験があるに違いない。

「――勘違いしないでほしいが」

「え？」

「俺は、三年前リティリア嬢を見てから、君のことしか考えていない重い男だ。それに、その直前までいた士官学校は厳しくて、訓練以外宿舎と学校の往復しかしていない」

社交界から遠ざかってしまっていたから実際に目にしてはいないけれど、騎士団長様が貴族の夫人や令嬢にものすごく人気があることは知っている。

だから、これはきっと私をなぐさめるための言葉に違いない。

「ふふ。ありがとうございます」

「先に断っておくが、ダンスはそれほど得意ではない。期待しないでくれ」

「わかりました！　私は結構得意なのです」

「そうか……。リティリア嬢と踊りたい人間は多かっただろうな」

実際のところ、婚約者のために必死になって練習したダンスを披露することはほとんどなかった。

すでに婚約者がいる私にダンスを申し込む人なんていなかったし、ギリアム様は婚約者として最低限のダンスを最初に踊ったあとは、いつも友人たちの輪の中にいた。

「練習はたくさんしましたが、本番ではほとんど踊ったことがないです」

「そうか。では死ぬ気で特訓して、誰よりも上手くなるから、これからは俺だけと……」

布を片手で抱えた騎士団長様は、器用にもう片方の手で私の手を持ち上げ、甲に口づけをした。

まるでダンスの申し込みをする、その瞬間のように。

それにしても、騎士団長様の死ぬ気の特訓なんて想像できない……。

でもきっと騎士団長様は、華麗にダンスをリードしてくださるに違いない。

そのとき目の前に立つのは、淡い紫のドレスを身に纏った私だ。

きらびやかなシャンデリア、流れる音楽、色とりどりのドレス。

いろいろな問題を抱えているから、それはきっとずいぶん先のことだろうと、このときの私は思っていた。意外にもその日がすぐに訪れることも知らずに、私は夢みたいなその世界に思いを馳せたのだった。


そして着いた街には可愛らしい建物が並んでいた。

馬車の中で寝泊まりするのかと思っていたら、用意周到な騎士団長様は宿をとっていた。

「とても可愛らしい街並みですね」

「ああ、泊まったことはなかったが、素晴らしい景観だ」

赤い屋根に白い壁、円い扉と茶色の木枠で縁取られた窓の家が並んでいる。この地区全体でお揃いのデザインのようだ。

そっと触れたドアノブは、年代を感じさせる少しくすんだ金色をしている。

「カフェ・フローラのテーマになっていたことがあります」

「ああ、あの日の赤いスカートに白いブラウス、そして茶色のコルセットベルトをしたリティリア嬢はとても愛らしかった」

「……よく覚えていますね？」

私でも服装までは思い出せなかったのに。

そういえばあの日の制服は、このあたりの民族衣装をもとにしたとオーナーが言っていたかもしれない。

「あの店に通いながら、いつかリティリア嬢と本物を見に行きたい、といつも思っているからな……」

「わ、夢がありますね！　私、いつかオーロラが見たいです」

騎士団長様との旅は王都からレトリック男爵領までのそこまで遠くない距離でも、こんなに胸が躍るのだ。

オーナーが見たという世界の果てにだって、騎士団長様となら行ってみたい。

オーロラと満天の星が見えるという世界の果ての大空を二人で眺めることができたら、どんなに素敵だろう。

「そうだな。一緒にオーロラを見に行こうか……」

「騎士団長様？」

「そのあとは、あのとき手を伸ばしていた星屑の光をリティリア嬢のためだけに手に入れよう」

――銀色の薔薇をもらう直前に、騎士団長様が捕まえてくれた星屑の光。

私だけのために手に入れてもらった星屑の光は、瓶に閉じ込めて銀色の薔薇と一緒に宝箱にしまおう……。

もちろん、いただいた銀色の薔薇は壊れないように箱に入れて、今もリュックの中に入っている。

「……リティリア嬢さえよければだが」

「もちろん！　騎士団長様となら、どこまでも一緒に行きたいです」

「そうか……。では、全力で休暇を取ろう」

騎士団長様は冗談めかしてそんなことを言うと、宿泊受付へと向かった。

すぐに戻ってくると思ったのに、なぜか真剣な表情で受付のスタッフとやりとりしているようだ。

……あれ？　なんだか揉《も》めている？

しばらくして、騎士団長様が前髪をぐしゃりとかき上げながら困ったような顔をして戻ってくる。

「あの……。何か問題でもありましたか？」

「…………」

騎士団長様は、困惑した表情のまま私を見下ろしている。

「実は……手違いがあって部屋が一つしか取れていないらしい」

「え、ええ!?」

もちろん馬車で寝泊まりするときには一緒に眠っていたけれど、騎士団長様は気を遣って斜め向かいに座っていた。

宿泊はもちろん相部屋ではなく別々の部屋を予約したのに、私たちのことを婚約者か夫婦だと勘違いした宿の手違いで一つしか部屋が取れていなかったらしいのだ。

さらに、明日からこの地方では大きなお祭りがあり、部屋が埋まってしまっているという。

「——俺は馬車の中で眠る。慣れているからな。リティリア嬢は、ゆっくり休みなさい」

当たり前のようにそんなことを言う騎士団長様。

確かに、ヴィランド伯爵家の馬車は一般的な馬車よりも座り心地がいいけれど、私だけゆっくり宿に泊まるなんてできるはずもない。

「騎士団長様……」

すぐに私に背中を向けて出口に向かってしまった騎士団長様を追いかけて、上衣の裾を摑む。

「リティリア嬢？」

騎士団長様の顔には明らかに困惑が浮かんでいる。

でも、それでもやっぱり、一人だけ馬車で眠るなんてダメだと思う。

「——そばで守ってくれるって、約束しました」

「……それは」

「宿で一人なんて心細いです」

嘘ではない。心細いのは事実だ。

「……リティリア嬢」

「騎士団長様？」

「…………はぁ。確かに危険だな」

騎士団長様は諦めたようにため息をつき、そのあと私の手を強く握って階段を上り始める。

私たちの部屋は最上階の角部屋だった。

その部屋は、外観に負けないくらいとても素敵だった。

先ほどまでの緊張を忘れてしまうくらい、部屋は私好みだった。

大事に抱えてきたクマのぬいぐるみを、白い塗装が施された猫脚のソファーにそっと置く。

――外の色合いは、どこか明るくて元気な印象だけれど、内装はとてもロマンチックだ。

淡いグレーの壁紙には、オフホワイトで鳥や花が描かれている。

白い猫脚のソファーは、落ち着いた淡いピンクと、壁紙とお揃いのグレーのストライプの布が張られている。

大きなベッドもソファーとお揃いだ。

白いライティングデスクを開いてみれば、深い海みたいなブルーのインク、キラキラ輝くガラスペン、白い薔薇がエンボス加工で描かれたレターセットまで用意されていた。

「ものすごく可愛いですね!!」

満面の笑みで振り返れば、騎士団長様は我に返ったように目を見開いた。

「そ、そうだな……」

「どうなさったのですか?」

「いや、喜ぶと思ってこの部屋を予約したが、予想以上に可愛らしくて」

「そうですね。本当に可愛らしい部屋ですよね!!」

こんなに素敵な部屋を予約するなんて、日数もないなか大変だったと思う。

「部屋……。まあ、部屋も可愛らしいな」

「……?」

「ここからの景色も素晴らしいらしい。明日、少しだけ祭りを見に行こうか？」

「お祭り!!」

その言葉に振り返れば、白い窓枠と白いレースのカーテンが目に入る。

窓を開ければ、爽やかな風が吹いていた。

あたり一面に白い壁と赤い屋根の家が立ち並んでいる。

窓から見える広場では、すでに屋台の設営やお祭りの飾り付けのため、人々が忙《せわ》しなく動いていた。

「素敵です。……ところで、何のお祭りなのですか？」

「花の妖精と恋人の物語を模した祭りのようだ」

「わぁ。とっても楽しみです」

「ああ……」

穏やかに微笑んだ騎士団長様に思わず見惚れてしまう。

そのとき、ドアがノックされる。

「あれ？　どうしたんでしょう。宿屋の方でしょうか？」

「いや、おそらく」

騎士団長様がドアを開けると、先ほど購入した布とたくさんのレース、裁縫道具を抱えた女性が部屋に入ってきた。

「この街は布の生産でも王国一だが、王都にも負けないほど腕利きの職人が揃っている」

「そうなんですね」

そのことと目の前の女性が部屋に来た理由が結びつかず、首をかしげた私。

「こちらのお嬢様ですね！」

「ああ。その紫の布でドレスを作ってくれ。デザインのことは詳しくない。どんな材料でも使って構わない。それから普段使いできるワンピースを十着ほど。完成したら屋敷に届けてくれ」

「それは、宝石でも、最高級の布やレースでも、何でも使い放題、予算上限なしということですか？」

「当然だ」

「……え？」

「っ！　了解いたしました!!　私にお任せを!!」

あまりの急展開にお断りするタイミングを失った私は、あっという間に全身のサイズを測られて、なぜかメラメラと瞳が燃えているデザイナーとドレスの打ち合わせに突入したのだった。

＊　＊　＊

オーダーメイドのドレスを作ることが、こんなに大変だったとは……。

既製品のワンピースに着せ替えられた私は、ベッドに座ってクマのぬいぐるみを抱きしめた。

「――騎士団長様、魔鉱石でよろしいですか？」

「なにがだ？」

「こんなにたくさん買っていただいても、私には何もお返しできません。魔鉱石くらいしか思いつきません……」

おそらく、騎士団長様なら魔鉱石を有効に活用するだろう。

今までのことにお礼ができるとしたら、それしかない。

「……リティリア嬢」

少し離れたソファーに足を組んで座っていた騎士団長様が、立ち上がり私の隣に腰を下ろした。

そして、ポンッと私の頭に手をのせる。

「深く考えず、愛しい人に贈り物がしたい気持ちを受け取ってもらいたいが、リティリア嬢には難しいかな？」

「子ども扱いです……」

エメラルドグリーンの目を細めて、騎士団長様は私が抱きしめるクマのぬいぐるみの手を持つ。

「……どうすれば伝わるのか、よくわからないんだ」

「騎士団長様？」

「ずっと……、戦場ばかりにいたから」

クマのぬいぐるみの手をそっと揺らしていた騎士団長様。

とても不器用な人だと思う。私も人のことは言えないけれど。

私は、ズイッとクマのぬいぐるみを騎士団長様に押しつけた。

騎士団長様は一瞬、あっけにとられたように目を見開き、両手でクマのぬいぐるみを受け取った。

「簡単ですよ」

「……リティリア嬢？」

一瞬だけ、騎士団長様が小さな子どもみたいに見えた。

ごちゃごちゃ考えてみても、今の私ができることなんてたぶん一つしかない。

たくさんの価値のある高価な贈り物に比べれば本当にささやかだけれど、私はそれが欲しいから……。きっと騎士団長様も同じ気持ちだと信じたい。

立ち上がった私は、座ったままの騎士団長様と向き合う。

何度伝えても、毎回一生分の勇気と鼓動を使い切ってしまいそうだ……。

「……好きです」

たぶん私の顔は真っ赤だろう。簡単なんて言ったくせに、声が緊張で震えてしまっている。

でも、きっと騎士団長様は、今まで自分の気持ちを口にしないで生きてきた私の勇気を受け入れてくれる。

そう信じられるから……。

クマのぬいぐるみを挟んで、ぎゅっと騎士団長様の大きな体を抱きしめた。

その体はとても大きいから、クマのぬいぐるみを間に挟んでしまうと腕がまわりきらない。

「大好きです。……アーサー様」

きっと、今この瞬間、騎士団長様と呼ぶのは違うから。

戦場で生きてきた『騎士』という名を、今は忘れてほしいから。

騎士団長様が手を離したせいでトスッと軽い音がして、クマのぬいぐるみが騎士団長様の膝の上に落ちる。

「俺もだ……。リティリア」

私たちの間にあった狭い隙間は、次の瞬間消えてしまっていた。


――しばらく抱き合っていた私たち。

徐々に大きくなる私の羞恥心を身じろぎから察したのか、騎士団長様はそっと離れた。

「リティリア嬢……」

「騎士団長様？」

「はは。すぐに戻ってしまうな……。できれば、アーサーと」

「もう少し、慣れたら……」

普段からアーサー様と呼ぶには、まだ時間がかかりそうだ。

だって名前を呼ぶだけでこんなに鼓動が速くなってしまうなんて、心臓に悪すぎる。

「――リティリア」

「っ、ひゃい!!」

「……君はなぜこんなに可愛い」

床に落ちてしまっていたクマのぬいぐるみを拾って、騎士団長様は軽くほこりを払った。

クマのぬいぐるみで思い出すのは、これをカフェでプレゼントしてくれたときの騎士団長様の照れたような表情だ。

――今回は、余裕のある大人の表情で差し出されたクマのぬいぐるみ。

私ばかりが翻弄されている気がする。

「受け取ってくれないのか？」

「……ありがとうございます」

ギュッと抱きしめたクマのぬいぐるみは、あいかわらずくったりとしていて肌触りがいい。

「騎士団長様……。どうして、このぬいぐるみをくださったのですか？」

「――――え？」

「……だって、くじを引かないと手に入らないんですよ？　たまたま譲ってもらった引換券で引いたとおっしゃっていましたが」

「君が、このクマのキャラクターが好きだと言っていたから」

「え？」

確かに私はこのクマが好きだ。もりのクマさんくじだって、一回くらいは引きたいと思っていた。でも何回も引くほど贅沢はできないから、キーホルダーが手に入ったらいいな、くらいの気持ちだったのだ。

――以前、コーヒーを出すときに少しだけけした騎士団長様との会話を思い出す。

『おすすめのテーマはあるか？』

『三日後は、森の動物たちがテーマなんです。すごく可愛いんですよ？』

『そういうのが好みなのか？』

『はい！　もりのクマさんというキャラクターが好きなんです』

『そうか……』

それは、騎士団長様に初めて名前を呼ばれた前の日の話だ。

そのことを覚えていて、私にお土産でも持っていこうかとくじを引いたところ、特賞が当たってしまったというのが真相らしい。

「一回で特賞を引くなんて運がいいのですね？」

「いや、俺は運の悪さには自信がある……」

「え、そうなのですか？」

「……しかし君に会ってコーヒーをカフェ・フローラで飲むようになってから、前よりも運が良くなった気がするな」

「それは良かったです!!」

——もちろんそれは気のせいだと思う。

でも、そう言ってもらうだけで、単純な私はすぐに有頂天になってしまう。

気がつけば騎士団長様のエメラルドグリーンの瞳が、まっすぐに私を見つめている。

今になって宿屋に二人きりで泊まっていることを意識してしまった。

「寝るか」

「……あの」

大きなベッドの横に用意された簡易ベッドは窮屈そうだ。

私の方が小さいのだから、そちらに寝た方がいいと主張したけれど、騎士団長様は頑《かたく》なに譲ってくださらなかった。

「……どうした？」

「……いいえ。明日のお祭り楽しみです。……おやすみなさい」

「ああ、良い夢を……」

以前よりもさらに愛着がわいてしまったクマのぬいぐるみを抱きしめて、私は一人では広すぎるベッドに潜り込んだ。

ランプの明かりが消えても、いまだお祭りの準備に盛り上がっている窓の外からは明かりが差し込んでいた。

＊＊＊

——翌日は晴天だった。

「あれ？　この服は……」

「ああ、このあたりの民族衣装だ。以前もカフェ・フローラで着ていたな？」

白いブラウスに刺繍が施された赤いスカート、茶色のコルセットベルト、編み上げのブーツ。それが、今朝用意されていた衣装だった。

少しだけ違うのは、コルセットベルトの編み上げひもがエメラルドグリーンということぐらいだろうか。もちろん偶然に違いない……。

「最近はあまり見かけなくなったが、祭りの日には皆着るそうだ」

「そうなんですね？」

見上げた騎士団長様は、白いブラウスに銀色の刺繍が美しい黒いベスト、そして黒いズボンという出で立ちだ。

赤いスカートの衣装に比べて色合いは控えめだけれど、大人の雰囲気を持つ騎士団長様が着ると、信じられないくらい絵になる。

「周囲の視線すべてを攫《さら》ってしまいそうですね」

「ああ、リティリア嬢は可愛らしいから当然だろうな」

「……もちろん、騎士団長様の話ですよ？」

「……ん？　そんなはずないだろう。……ああ、そういえば」

急に笑顔になった騎士団長様が、内緒話でもするように私の耳元に唇を寄せる。

「祭りの雰囲気を楽しみたい。そのため、周囲に騎士団長だと知られるのはどうかと思うのだが」

「そ、それもそうですね？」

せっかく知り合いのいない場所なのだ。お仕事のことなど思い出さずに楽しんでほしい。

私は全力でうなずいた。それを見た騎士団長様は、どこか余裕を感じさせる笑みを深める。

「リティリア嬢もそう思うか？　それなら今日はアーサーと呼んでもらおうか」

「え!?　心の準備が」

「──君と祭りを心から楽しみたい。ダメかな？　……リティリア」

「………!?」

結局返事ができないままの私の手を軽く引いて、騎士団長様は歩き出してしまった。

「わぁ……!!」

昨日とはまったく違う、色とりどりの景色。

白い壁と赤い屋根が整然と並んで統一感があった街並みが、今日はたくさんの色であふれかえり、賑やかで楽しい雰囲気に様変わりしている。

「騎士団長様!!　こんなに賑やかなお祭り、初めてです!!」

「……………リティリア」

「……………あの、騎士団長様？」

「アーサーだ、リティリア」

騎士団長様の長くて節くれ立った指が、まるで悪いことをした唇をとがめるようにそっとなぞる。

地面に膝をつかなかった私のことを誰か褒めてほしい。

「っ……あの」

「昨日は呼んでくれたのに」

いつも大人の余裕と威厳を感じさせる騎士団長様が子どものように拗《す》ねる姿は、あまりに心臓に悪すぎる。

「うぅ……。行きましょう、あっ、……あっ、アーサー様」

「……ああ。そうだな、今日は祭りだから欲しいものは全部買ってあげよう」

「子ども扱いです……」

「そうだな。今日だけは、子どもに戻って楽しめばいい」

子ども扱いが嫌で言い返したにもかかわらず、初めてのお祭りが嬉しすぎた私。

「……っ、あの綿菓子！　キラキラ小さい粒が宝石みたいに光っている上に、七色ですよ!?」

「はは。ほら、味も七種類らしいぞ？」

「本当に！　ピンク色の部分少し酸っぱくて美味しいです。……わぁ！　ピンク色のあめがかかったフルーツ!!　お花みたいに甘い、良い香りがします」

「ふ、そうか。ほら、これなら小さいから次も食べられる」

「パリパリしている。美味しぃ……」

私は周囲の子どもたちよりもすっかりはしゃいでしまい、綿あめにフルーツあめ、串に刺したお肉に、この地方の郷土料理らしいサクサクの素朴な焼き菓子まで、思う存分ごちそうになってしまったのだった。


——すっかりはしゃいでしまって、我に返ったときには昼過ぎになっていた。

「に、日程が!!」

「問題ないだろう。まあ残念ながら、今夜の寝床は馬車の中になりそうだが」

「……はしゃぎすぎたせいですね。すみません、きしだ……アーサー様」

名前で呼ぶと、騎士団長様は心底嬉しそうな笑顔を見せた。

心臓に悪いし、素敵すぎて顔が赤くなってしまう。

「それに、祭りの本番は今からだ」

そういえば花の妖精と恋人の物語を模したお祭りだって、騎士団長様が言っていた。

あの広場の中央にあるたくさんの花冠は、きっとお祭りで使うのだろう。

ある人はどこか緊張したように、ある人は嬉しそうに、ある人は恥ずかしそうに、花冠を買っている。

「少し待っていてくれるか？」

「あ、はい……」

両手に綿あめと串焼きのお肉を持った私は、広場の端に取り残された。

少しして、騎士団長様が花冠を手にして戻ってくる。

「わぁ、綺麗ですね！」

騎士団長様のどこかそわそわと緊張した様子に首をかしげる。

「……愛している」

「…………っ!?」

唐突な愛の告白に驚いていると、騎士団長様の手を離れた花冠が私の頭にのっていた。

「……えっと、あの」

「はは、柄にもないことをしたな」

「アーサー様？」

「この祭りで花冠を渡して愛をささやけば、その恋人たちはずっと幸せでいられるらしい。だから……」

顔が熱い。日が高くなったからって、いくら何でも暑すぎる。

口から心臓が飛び出してしまいそうなほど苦しい。そして、泣いてしまいそうなほど嬉しい。

色とりどりの花冠を騎士団長様は、どんな表情で買ったのだろうか。

「嬉しいです」

「ああ……」

「これで、ずっと一緒にいられますね？」

「そうだな。ずっと一緒だ」

珍しいことに、見上げた空を金色の光をまとった妖精が飛んでいる。

森の中でもないのに妖精を見かけるなんて、とても珍しい。

「……騎士団長様。えっと、少しの間持っていてください」

「ん？　ああ」

私は串焼き肉と綿あめを騎士団長様に渡して、花冠をそっと外す。

「少しかがんでもらえませんか？」

「……うん？　これくらいか？」

それでもまだ少し高いから、背伸びをして手に持った花冠を騎士団長様の頭にのせる。

「……私も、愛しています」

大きく目を見開いた騎士団長様の頬が見る間に赤く染まっていく。

手で顔を隠そうとしたのに、両手が塞がっているせいで隠せず、腕で顔を隠そうとしている騎士団長様が可愛らしすぎて私の心臓は口から飛び出しそうになった。

長い沈黙のあと、ようやく騎士団長様が口を開く。

「――君に愛していると告げられることが、こんなにも幸せなことだなんて想像できていなかった。俺こそ君のことが本当に好きだ。愛している……リティリア」

そう言って赤い顔をしたまま笑いかけるものだから、今度は私が顔を覆い隠す番だった。

私たちを見守るようにひらひらと舞っていた妖精が、まるで祝福するように金色の光を落として遠くへ飛んでいった。


領地に着くまであと少しだ。本当に素敵な旅だった。

そしてきっと、この瞬間のことは年をとっても懐かしく思い出すに違いない。

「年をとっても、二人で今日の思い出話ができそうですね？」

「はは、ずいぶん先の話をするな？」

「だって、いつまでも一緒にいたいから」

騎士団長様は少しだけ眉根を寄せて笑った。

安全とは言えない騎士のお仕事について考えたのだろうか。

「……そうだな。きっと笑って話せるな。それに年をとってもリティリアは可愛いに違いない」

「それを言うなら、アーサー様こそ、いつまでも素敵に違いないです」

「そうか、期待に添えるように努力しよう」

先ほどの表情を次の瞬間には押し隠したように、騎士団長様は朗らかな笑みを私に向けたのだった。


——今揺られている馬車は、群を抜いて乗り心地がいい。

乗合馬車で帰ろうと思っていたことを思えば、車内で眠るのだって余裕なくらい快適だ。

「騎士団長様」

「……ああ、なんだ。リティリア」

「っ……あの」

ただ一文字、『嬢』という言葉がついていないだけで、なんという破壊力なのだろう。

照れくさくなってしまい、思わずクマのぬいぐるみが形を変えてしまうほど強く抱きしめてしまった。

「……はぁ。ぬいぐるみに、なりたいな」

「え？」

まじまじとクマのぬいぐるみを見つめていた騎士団長様は、なぜかポツリとそんなことを口にした。

ぬいぐるみになりたいほどお疲れなのだろうか。

「……聞かなかったことにしてくれ」

ふいっ、と顔を背けた騎士団長様の耳は、なぜか今日も赤い。

車内はそれほど暑くないのに。

「……もうすぐ、レトリック男爵領です」

「ああ、懐かしいな」

「ええ」

魔獣に嵐に地震、流行病。王家から途絶えた支援金。

「……魔獣と流行病については、人為的だった可能性がある」

「そんなこと、可能なのですか」

「可能だろう。……騎士団長に就いてから、いくつかの事例を見たことがある」

「……騎士団長様」

レトリック男爵領が没落まで追い詰められたことに人為的な何かが関係していたなんて、怖いし、不安だし、怒りを感じる。

しかも私の母は、その流行病で命を落としたのだ。許せるはずがない。

……でも、私は思っていたよりも自分勝手な人間だったみたいだ。

領地よりも、そんな情報を得てしまうような地位にいる騎士団長様のことが心配になってしまうなんて。

「どうした？　不安にさせてしまったか。レトリック男爵領はこれから先、必ず守るから心配するな」

「はい」

浮かない顔をしている私の頭を、大きな手がそっと撫でた。

子ども扱い。そう思っていたけれど、実際に私は騎士団長様の庇護対象なのだろう。

「騎士団長様」

「……そんな顔をさせるくらいなら、話さなければよかった」

「隣に座っていいですか」

パチパチと、南の海みたいな明るいエメラルドグリーンの瞳が瞬いた。

ドキリとした胸に、本当にこの色が好きになってしまったのだと思い知らされる。

「こんなこと言うと、自分勝手だと思われてしまいそうですが」

「……リティリアは、もっと自分を優先した方がいいくらいだ」

「……領地よりも、何よりも、騎士団長様に無事でいてほしいんです」

領地のことはものすごく大事だ。私を愛してくれた母を奪った流行病が人為的だったことに怒りを覚えて胸が苦しい。

領地のことも、父と弟のことも、本当に大切に思っているし、自分にできる限りのことをしていこうと思っている。

でも一番に願ってしまうのは、祈ってしまうのは、騎士団長様のことだから。

「……なぜ俺のことを心配することが、自分勝手になるんだ」

騎士団長様は長いため息をつくと、私の頭を撫でていた手をそっと頬まで下ろしてきた。

冷たい手のひらが、熱くなってしまった頬に心地いい。

「……私が勝手に好きになってしまって、優先させているからです。せっかく騎士団長様が、領地のことを心配してくださっているの……にっ!?」

強引な口づけなんて、騎士団長様らしくない。

目を閉じる暇すらなかったから、真っ黒で長いまつげが目の前に見える。

慌てて強く目をつぶる。

頬に触れていた手がスルリと背中を撫でて、私の腰を抱き寄せる。

「それを言うなら、俺ほど自分勝手な人間はいないだろうな」

唇が離れても体は密着したまま、レトリック男爵領の最初の街に着くまで私たちは抱き合っていた。

＊　＊　＊

「あっ！　領地の山が見えてきました!!」

「……ふむ、確かに見たことがあるな。あの山には名前があるのか？」

そこにあるのは、低くてきちんとした名前もついていない山だ。

でも領地の子どもたちはこう呼んでいた。

「どんぐり山です!!」

「ははっ。可愛らしい名だな。子リスが出てきそうだ。子どもの頃遊んだのか？」

「はい！　意外とおてんばだったので」

「……可愛かっただろうな」

「ふふ。子ども時代の騎士団長様も、きっと可愛かったと思います」

想像の中の子ども時代の騎士団長様は、天使のように愛らしい。

そんなことを想像して私はとても幸せだったけれど、騎士団長様からは憂いを感じる。

「可愛いと言われたことは、一度もないな」

「え？」

私は小首をかしげる。

浮かぶのは、カフェ・フローラでのどこかソワソワした姿、クマのぬいぐるみを差し出したときの困り顔、幸せそうにクッキーを食べたときの笑顔……。

騎士団長様は間違いなく可愛らしい。

もちろん頼りになるし、少し強面でカッコいいという言葉の方が似合うのは事実だけれど……。

「鬼騎士団長なんて呼ばれている今でさえ、時々ものすごく可愛いのに？」

「……一度君の目で世界を見てみたいものだ。きっと美しく可愛いものであふれかえっているに違いない」

まるで、その中に自分がいないとでも言いたいみたいだ。

「……もう少しで我が家に着くのですが、少しだけお散歩しませんか」

「散歩？」

「はい。可愛かったであろう、騎士団長様の子ども時代をやり直します!!」

「……そういえば剣の訓練と教育を受けてばかりで、里山で遊んだという経験はないな。山といえば野営をした経験くらいか……」

それはいけない。そもそも花冠は買うものではなく作るものだし、里山は野営をする場所ではなく遊ぶ場所なのだから。

「行きましょう!!」

手を引いて馬車を降りる。

御者さんには申し訳ないけれど、少しお留守番をお願いする。

「早く早く!!」

「そんなにはしゃぐと、転んでしまうぞ？」

「転ぶくらい、騎士団長様も思いっきり走ってください!!」

「……そうか、では本気で走るとするか」

「えっ」

たぶん騎士団長様の本気の走りに、私がついていけるはずがない。

そんなことを思った瞬間、地面から足がフワリと離れて抱き上げられていた。

「えっ、ちょっと!!」

「ここ数日、過酷な訓練というものから遠ざかっているせいで少々体がなまってきた。付き合ってくれ」

楽しそうな騎士団長様の声。あっという間に流れていく景色。

人一人抱えているなんてとても思えないスピードで騎士団長様は走り出す。

そして楽しい時間の始まりは、ある人との再会の序章でもあったのだった。


大人になってから抱き上げられたまま木々の間を走り抜ける経験なんて、そうそうないに違いない。

「無理していませんか?」

「君は羽のように軽い」

「そんなはず……」

背が低い私と騎士団長様では、体格に大きな差がある。

今だって、まるで軽い荷物でも抱えているかのようだ。

私は少し余裕を取り戻して、太い首に腕を絡めて周囲を見渡した。

「あれ……?」

いたずら好きな妖精たちが、どこか慌てて飛び回っている。

なぜだろう、何に警戒しているのだろうか。

「魔力の気配……」

次の瞬間、踏み込んではいけないぬかるみに片足が入ってしまったかのように、騎士団長様が姿勢を崩した。

それでも膝をついて抱きしめてくれたから、私は衝撃すら感じなかったけれど。

……目線が低くなったので、膝をついたのだと思ったけれど、違うみたい。

「騎士団長様……。その姿」

「……リティリアこそ……。うん、可愛らしいな！」

抱きしめてくれているまだ細くて華奢な腕は、私とそんなに太さが変わらない。

艶々とした黒い髪の毛に、大きなエメラルドグリーンの瞳。最初に視線を奪われる長いまつげ。

「騎士団長様こそ、想像以上の可愛さです」

目の前には、おそらく子どもの姿になってしまった騎士団長様がいた。

そして、私も同じように縮んでしまっている。

「……余裕があるな」

「この魔法は知っています。それにしても可愛いですね？」

「っ、そうか。まあ、時間を操れそうな人間など、俺も一人しか知らない」

「たぶん、騎士団長様が想像しているお方です……」

だぶだぶになってしまった服は、この魔法の主に会うことができれば解決するだろう。

裾を引きずってしまいそうなスカートを脱ぎ捨てて、シャツ一枚になった。

予想通りシャツはワンピースくらいの長さがある。

スカートのベルトを外して、ギュッとウエストを結ぶ。

騎士団長様は同じくシャツだけになって、器用にマントを巻き付けて羽織った。

だぶだぶのシャツとマント、小さな手足がなんとも可愛らしい。

「本当に、可愛いと言われたことがないなんて信じられません。なんという愛らしさ……！」

「わかった。ここまで一生分可愛いを連呼してもらって十分満足した。もう勘弁してくれ」

大きすぎる靴は歩きにくくて、早く見つけなければ日が暮れてしまいそうだ。

「……オーナー!!　どこですか!?」

返事はなかったけれど、オーナーがどうしてこの場所にいるのかについては予想がつく。だって、オーナーに初めてお会いしたのも人里離れたこの場所なのだから。

妖精たちがこんなにも多くいる場所は、きっと王国を探してもいくつもない。

妖精たちの周囲には、いつだって人がいないのだから……。

「……どうしましょう、騎士団長様」

「今、この姿の俺を騎士団長と呼ぶのは明らかにおかしいだろう？　……アーサーと」

「アーサー様」

「ただアーサーと呼んでもらいたいというのは願いすぎか」

騎士団長様の眉間にいつものしわがないことに、密かに衝撃を受ける。

本当に可愛らしいけれど、困らせたいわけではないのでそのことは黙っておく。

「それにしても……。悍《おぞ》ましさすら感じる強い魔力の渦だ」

「私にはそこまでわかりませんが」

ただ妖精たちが慌てたようにあちらから飛んでくるから、オーナーがいるのは騎士団長様が見据える方向で間違いないのだろう。

「危険だからここで待っていてくれ、と言っても聞かないのだろうな」

「そもそも、ここにいれば安全なのですか？」

「……まあ一緒にいた方が、多少は安全か。いざとなれば奥の手もある」

「奥の手？」

「ああ、幼い頃は剣よりも魔法を使う機会の方が多かったからな。魔力のコントロールは少々苦手だが、この姿でもリティリア一人くらいは守ってみせよう」

あの日カフェ・フローラで、満天の星からいともたやすく星屑の光を手にした騎士団長様の姿が目に浮かぶ。

——オーナーがいたずらっぽく言っていたもの。

星屑の光を手にできるほどの魔力を持つ者は、王国に三人しかいないと。

「……無茶しないでくださいね？」

「……その言葉、そのままリティリアに返してもいいだろうか」

「……手を握っていてください」

「ああ」

触れ合う小さな手は、いつもと違って温かい。

ひんやりした騎士団長様の手に慣れてしまった今、どこかむずがゆい。

「行こうか」

「はい」

小さく歩き出した私たちは、魔力の渦に呑まれていく。

近づけば近づくほどに、魔力の気配は濃厚になる。

そこまで魔力を持たない私にもわかるほどだ。

——あの日と、まるっきり同じ。

オーナーと初めて出会ったのは、どんぐり山の奥。本来であれば、妖精たちが許してくれた人しか入れないはずの場所だった。

「騎士団長様、ここから先は、抜けるまで絶対に私から手を離さないでくださいね？」

「……ああ、わかった」

ぎゅっと音がしそうなほど強くつないだ手は、守ってあげたくなるほど小さい。

ここから先は、私たち姉弟、あるいは私と一緒に来た人しか抜けられない、妖精の棲家へと続く迷い道だ。

「戦場でこれを仕掛けられたら、ひとたまりもないな」

「物騒ですね。そこまでではないですよ。妖精たちは、迷った人をちゃんと人里に送り返してくれます」

妖精たちのいたずらが作り上げたモコモコした白い雲。

それが地面を覆い隠す。

七色の光がその雲にときどき映り込んで幻想的だ。

一筋の金色の光が寄ってきて私たちの前でクルクルと回ると、ゆっくり先導するように飛んでいく。

「あの妖精についていきます」

「任せよう」

いつもとは逆、私が騎士団長様の手を引いて歩くのはどこか新鮮でドキドキする。

ほどなく足下には小枝や落ち葉に覆われた茶色い地面が現れ、私たちは魔鉱石が採れる妖精たちの秘密の棲家にたどり着いた。


――少し薄暗い空間の中でも艶やかに光を宿す、暮れかけた空と同じ紺色の髪。

目が合った瞬間、脳裏に焼き付いて離れない金色の瞳。

通常であれば病的に見えてしまいそうな青白い肌も神秘的だ。

だぶだぶの服を着た美少年になってしまったオーナーは、幼い姿でもその並み外れた美貌が放つ

輝きは眩しいほどだ……。

胸を押さえて地面に膝をついたオーナーは、ひどく苦しそうだった。

「オーナー!!」

「リティリア……？　ぐっ、どうしてこんなときに、君はいつも現れるんだろうね」

「そんなこと言っている場合ではないでしょう!?」

周囲を見渡せば、逃げ遅れたのか、好奇心からなのか、まだ五匹ほど妖精が残っている。

「……リティリア、このままじっとしていればそのうち治まるから、魔法が届かない場所まで離れなさい」

「こんなに苦しそうなのに、放っておけるわけがないでしょう!!」

私の瞳は淡い紫で、妖精たちはこの色が大好きだ。

オーナーによれば、この瞳の色をした人間の魔力は妖精たちの大好物らしい。

「お願い。少し力を貸して？」

手を差し伸べれば、少しだけ迷うようにクルクルと飛んだあと、妖精たちは私の手のひらの上に集まった。

あまり多くはない魔力が吸い取られる感触と、吹き始めた甘い香りがする風。

「リティリア」

どこか呆然としたような、騎士団長様の声がした。

その声の主は確かに騎士団長様に違いないけれど、いつもの低くて心地よい声ではなく、高くて澄んでいてどこか可愛らしい。

「お願いっ！」

妖精たちが、オーナーの体からあふれ出した魔力を吸い取っていく。

花の蜜が好きな妖精たち。でも、その主食は魔力だ。

――ほんの一瞬の間。

どこか暗く、ザワザワしていた木々は穏やかに静まりかえり、どこかに消えてしまった鳥たちが舞い戻り高らかに鳴く。

「……オーナー、大丈夫ですか？」

「……ああ、だが」

大人の姿に戻ったオーナーの青白い頬に、少し赤みが差している。

いったい何があったのかしら、と首をかしげていると、オーナーは慌てたように私から目をそらした。

「っ、……。この事態を引き起こした俺が言ってはいけないのかもしれないが、リティリア、君、目のやり場に困る」

「……は？」

見下ろした視線の先には、大胆に覗く白い太ももだ。そう、魔力の暴走が治まったからなのか、私は元の姿に戻っていた。……つまり。

「っ、きゃ、きゃあああ!?」

慌てて白いシャツを引っ張ったけれど、太ももの半分も隠すことができない。

「……ごめん」

「あっ、まだ魔法を使ったらダメです！　無茶しないでください！」

けれど次の瞬間、私の体は少し明るめの紺色をしたワンピースに包まれていた。

振り返った騎士団長様の服装も、紺色のズボンと白いシャツに変わっている。

「……うん。デザインにこだわる余裕まではさすがにないな……。たぶん一時間くらいしかもたないから、早めに着替えたほうがいい」

それだけ言うと、魔力枯渇寸前だったのに無茶をしたせいなのか、オーナーは地面にバタリと倒れ込んだのだった。

「とりあえず着替えも必要だし、シルヴァ殿も連れ帰る必要がありそうだな」

元の姿に戻った騎士団長様は、あいかわらずカッコいい。

けれどほんの少しだけ、愛らしくて柔らかかった手が名残惜しくもある。

「騎士団長様……」

「戻ろうか」

それだけ言うと、騎士団長様は軽々とオーナーを肩に担ぎ上げた。

オーナーは背が高いけれど、たくましい騎士団長様であれば、担ぎ上げたまま山道を歩くのも簡単なようだ。

「すごいです」

「……負傷した仲間を何度も戦場から連れ帰ったからな」

「……そう、ですか」

どこにいたってきっと、騎士団長様は仲間を助けるために最後まで足掻《あが》くのだろう。

――これからもずっと？

そんな予感に胸がぎゅうっと締め付けられ、私は少し俯いて歩く。

「あっ！」

地面に落ちているのは、何の変哲もない白い石ころだ。

けれど見る人が見れば、その価値がわかる、
ゴツゴツした石を拾い上げていく。

「ところで、そのポケットいっぱいに入っている石ころは何だ？」

「帰ってからのお楽しみです！」

そう、なんの変哲もない石ころに見えるそれは宝物だ。

運が良いことに、オーナーが魔法で作ってくれた服には左右に大きなポケットがある。

山道を下りながら、白い石を見つける度にこれ幸いとばかりに拾い続ける。

そして私たちは、妖精たちの作り上げた他者を寄せ付けない空間に足を踏み入れる。

帰りもモクモクの雲と七色の虹が現れる。

先導するように飛んでいるのは、先ほど助けてくれた妖精に違いない。

以前私と一緒に入ったことがあるオーナーはもちろん、今回一緒に入った騎士団長様も妖精に認

められ、これから先この場所で迷うことはないだろう。

飛び方が妙にのんびりとしているのは、オーナーの魔力でお腹がいっぱいだからなのだろうか。

「……ところで、リティリアと筆頭魔術師シルヴァ殿はどこで知り合った？　まさか、カフェ・フローラの求人が初めての出会いというわけではあるまい」

「――――騎士団長様」

「……それは、俺から話そうか」

「ん？　目覚めたのか。魔力もずいぶん回復しているな……。歩けるか？」

「ああ……。もう大丈夫だ」

軽やかな動作で、オーナーは地面に下ろされた。

少しふらつきながらも、二本の足で地面に立ったオーナー。

そのとき、急に視界が晴れ、私たちは騎士団長様の馬車の目の前に立っていた。

「妖精のいたずらか……」

「ええ、送り届けてくれたようですね」

妖精たちは迷い人を無事送り届けてくれる。

いたずら好きで、人との距離を縮めてくることはほとんどないけれど、妖精たちは基本的に人に対して好意的だ。そう、傷つけさえしなければ……。

「では、失礼して」

オーナーは当然のように馬車に乗り込む。

「……空間魔法で、移動されてはいかがですか？」

「魔力がほとんどなくて弱っている人間に対して、優しさのかけらもないのかな？　ヴィランド卿は」

当然のように馬車の中に足を組んで座ったオーナーに、騎士団長様は少し眉根を寄せ口の端を歪めた。

それでも完全に拒否している雰囲気ではない騎士団長様。

通常であれば、私なんて知り合いになれるはずもない王国の最高峰に位置する二人はもちろんお知り合いなのだろう。

「……はあ、戦場と王宮以外でシルヴァ殿にお会いできるとはなんて珍しい」

「そうだね、俺たち二人は王国の英雄だが、君が光なら俺は闇だ。同じ場所に立てるはずもない」

「……ご自分のことを、英雄と言いますか」

「君はもう少し英雄としての自覚を持った方がいい」

「…………」

騎士団長様はその言葉には返答しないまま、私の手を引いて馬車に乗せてくれた。

私の隣に腰を下ろした騎士団長様が、斜め向かいに座るオーナーに視線を向ける。

「リティリアの安全のために、ご関係を教えていただいても？」

「もっと素直にならないとリティリアには気づいてもらえないよ？　リティリアと俺の関係が気になると…………おっと」

カシャンッと、剣が鞘から抜ける音が馬車の中に響き渡った。

「……そうだね。野暮というものか」

諦めたように両手のひらを上に受けたオーナーは、私と初めて出会った日について語り始めたのだった。

四皿目

魔鉱石の色を染めて

Bitter knight &
The sweet cafe

「……ここは」

気がつけば山の奥深くにいたはずの俺は、白い雲に囲まれていた。

虹色の光が差し込んで幻想的なその場所は、通常であれば美しい景色として心に残るに違いない。

妖精たちがうるさいほどに俺の周りを飛び回る。

妖精たちが人間に害を与えることはほとんどない。

ただ、あふれ出して、おそらく枯渇するか暴発するまで止まらない俺の魔力を欲しているのだろう。

気がつけば、小さく縮んでしまった体。年老いてしまったり、動物に姿を変えてしまったりするよりもましだと思うほかない。

時空に関する魔法を扱う魔術師の死因は、その魔法のコントロールを失ってしまった、というものが最も多い。

「……ふぅ。とうとう終わりが来たかな」

王国を襲った竜と戦い追い詰めた直後、竜がありったけの魔力を俺に流し込んでくるとは……。

新人騎士ヴィランド卿が単騎で助けに駆けつけなければ、俺はあそこで終わりを迎えたに違いない。

それにしても広範囲魔法を使う魔術師ではない、剣を持つただの騎士がたった一人で竜を相手にするとは、まだ年若い彼の実力は神がかっている。

「……まあ、丁度いいか。ここなら人もいないだろう」

時空に関する魔力が暴発してしまうと、周囲にいる生き物の時間を巻き戻してしまう。

それだけの暴発を起こせば、もちろん俺自身も無事では済まないだろう。

だが見たところこの場所に入ることができるのは、妖精に愛された希有《けう》な人間くらいだろう。今回俺がこの場所に入り込めたのも、暴発しそうなほど強い魔力に妖精たちがたまたま興味を示したからに違いない。

雲の切れ間が見えた次の瞬間、茶色い小枝がパキンと足下で音を立てた。

「あれっ？　どちら様ですか？」

その声の主は一人の少女だった。

一目で上等なものだとわかる青いワンピースに白いエプロン。

両手で摑むエプロンいっぱいにのせていたどんぐりが、こちらに駆け寄ろうとした瞬間、パラパラとこぼれ落ちた。

「は……？　子ども？」

「……え？　あなたも子どもに見えるけど。それにしても、どうしてそんなにブカブカの服を着ているの？」

目の前にいたのは、大きな淡い紫の瞳に、光に透けると金にも見える淡い茶色の髪をした少女だった。

「っ、いけない！　すぐにここから離れろ」

「具合、悪いの？」

バラバラとどんぐりが落ちていく音がして、次の瞬間そっと頬に触れた手は、信じられないほど柔らかくて温かかった。

「ねえ、お願い。助けてあげて？」

少女の願いを聞いたのだろうか。

あふれ出す魔力に興味を引かれ、俺の周りを飛び回るばかりだった妖精たちが、まばゆい光を発しながら周囲に集まってくる。

「……なにが起きているんだ？」

「妖精さんたち、助けてくれるみたい」

ニコニコと無邪気に笑った少女の瞳は淡い紫色だ。

そういえば、王都でも紫の瞳など見たことがない。唯一、俺が直接知っている紫の瞳の人物といえば、謎に包まれた森の魔女だけだ。

——だが王国の機密資料の中に、該当する一族が記載されていたはずだ。

彼女はおそらく、資料にあったレトリック男爵家の娘なのだろう……。

「……リティリア・レトリック男爵令嬢」

「え？　私のことを知っているの？」

頬に触れた手は離されることなく、飛び回る妖精たちはあふれ出した魔力を吸い取っていく。

たった一人で迎える死を覚悟したのに……。

「あれっ!?　子どもだったはずなのに、大人のお兄ちゃんになった!!」

無邪気に驚く少女。時空に関する魔法は王国の重要機密だ。

本来であれば、何らかの手を打たなくてはならないが……。

「ところで君の紫色をした瞳と妖精が仲がいいことは、家族に秘密だと言われているよね」

「あっ!!　しまった」

無邪気な彼女は知らないのだろう。

紫色の瞳と妖精の関係は、王国の重要機密なのだ。

だが今現在、小難しい専門用語で書かれたその資料を読んだことがある人間など、一握りに違いない。

「でも、俺は君の秘密を守ると約束しよう」

「ほ、本当？」

上目遣いに見つめてくる少女の純真さに、このまま無事に大人になれるのだろうかと心配になる。

人に対して全く興味を持てなかった俺にしては、とても珍しい。

……いや、命の恩人だからな。

その考えは、半分しっくりときて、半分モヤモヤとした。

だがそんな気持ちを押し隠して、人のよさそうな笑みを浮かべる。

「その代わり、俺が子どもに変身できることは誰にも言わないでくれるかな？」

「うん！　お兄さんと私だけの秘密ね？」

——二人だけの秘密。

その言葉はどこか温かくて、むずがゆいのだった。

＊　＊　＊

「まあ、リティリアとの出会いは、こんな感じだ」

「懐かしいですね！」

「そうそう、あのときは助かったよ、竜殺しの英雄、ヴィランド卿」

「――あのときか。しかし、あの竜はシルヴァ殿の攻撃で虫の息だった……。なんとか竜を倒したときには、シルヴァ殿はすでに姿を消していたな。しかしそんな危険な状態だったなら、一声かけてくれれば……」

「……そうして、君を含め多数の将来有望な人間を危険にさらせと？」

「……なるほど。当時、責任感の強いはずのシルヴァ殿の行動に疑問を抱いていたが、合点がいった」

あのあと、オーナーは私を家まで連れ帰ってくれた。

国王陛下に存在を見いだされたあと、出世の階段を駆け上がり、筆頭魔術師として、王立魔術師団の団長として、すでに王国の英雄と呼ばれていたオーナー。

それにしても、単騎で竜と戦ったという騎士団長様の話がここで繋がるとは思わなかった……。

――当時はまだ存命だった母とオーナーの会話を思い出す。

『大変だったようですね……。もし同じようなことがあったなら、いつでも我が領にいらしてください』

『なぜご存じなのですか？』

『……妖精たちが、教えてくれますから』

私と同じ淡い紫の瞳を持つ母は、すでに妖精たちから話を聞いてすべてわかっていたようだった。

『さ、リティ？　約束を守らなかったことは、叱らなくてはいけないわ』

そのあと、私はいつも穏やかで優しい母に、こってり絞られたのだった。

優しかった私の母は、レトリック男爵領を襲った流行病で命を失った。

そして幼い頃からの婚約者だったギリアム様にも婚約破棄されたとき、弟を通して連絡し、救いの手を差し伸べて助けてくれたのがオーナーだったのだ。

「……まさかオーナーがカフェ・フローラみたいな可愛いお店を経営しているなんて、予想外でしたけれどね」

「うん。俺にはあんな趣味はない。でも普段は人よりもしっかりしている君のそんな勘違いは、とても可愛らしいと思っている」

パチパチと瞬きしてオーナーを見上げる。

ニッコリと笑い返してくれたオーナーの真意はいつも読めない。

「なるほど。……シルヴァ殿を敵認定してもいいか？」

ここまで黙っていた騎士団長様が、急に不穏なことを口走った。

どうして今までの流れでオーナーが敵認定されるのか、全く意味がわからない。

「……誤解させてしまったか？　意外と可愛いところがあるね、ヴィランド卿は」

「……そうですか？　あなたが気づいていないだけに思えてしまったのですが。ああ、余計なことを言ったな」

「……」

ふいっと顔をそらしてしまったオーナーは、少し遠い目をしている。

そのことも気になるけれど、私には今すぐ聞かなくてはいけないことがある。

「オーナー、ところで、また魔力が不安定なのですか？」

私と出会ったあとも、何度かオーナーの魔力は不安定になった。

不思議なほどその場に居合わせてしまう私が、妖精に力を借りてオーナーを助けたことは何回もある。

魔力が不安定になったオーナーのそばに一定の時間以上いると、時間が巻き戻されてしまう。もっとひどい状態になったとき、ほかにどんなことが起きるかは、オーナー自身にもわからないそうだ。

今の私は理解している。時空に関する魔法の使い手は誰も敵わないくらい強くて、想像を絶するような魔法が使える代わりに、その魔力に呑まれやすい。

子どもの姿になってしまうほど魔力が不安定だなんて、そのまま放っておいたら、もしかすると……。

「……そうだな。ここ最近魔力が不安定だ」

事もなげにそんなことを言うオーナー。

星屑の光をこぼしたオーナー。いつもならすぐに捕まえるはずなのに、それができずに急遽違うテーマになったあの日、おかしいと思ったのだ。

予想通りの言葉に、私は不安が的中してしまったことを知った。

＊　＊　＊

「おかえり、姉さん」

「ただいま、エルディス」

——三年ぶりに実家に帰ってきた。

私と同じくらいの背丈だった弟、エルディスは、会わない間に私の身長を抜いてしまい、見上げないと目線が合わなくなっていた。

長身の騎士団長様と比べれば少し低いかもしれないけれど、私より三歳下の弟にはまだ成長の余地がある。

……どこまで大きくなるつもりなのかしら。

私の後ろには、騎士団長様とオーナーがいる。

「お久しぶりです、筆頭魔術師シルヴァ様」

「ああ。エルディスも大きくなったね。出会ったときはこんなに小さかったのに……。感慨深いよ」

「……そこまで小さくありませんでしたが」

オーナーが作った、人差し指と親指の隙間。

そんなに小さくはなかったと、私も思う。

「それからご挨拶が遅れました。アーサー・ヴィランド卿ですよね？　正式にお会いするのは初めてですよね。リティリアの弟、エルディス・レトリックと申します」

「ああ、アーサー・ヴィランドだ。よろしく頼む」

なぜか弟は騎士団長様に値踏みでもするような鋭い視線を向けた。

「……こちらこそ、よろしくお願いします」

そのとき現れたのは、私が幼い頃からレトリック家に仕えてくれている執事、リバーだ。

白い髭の彼の顔を見た瞬間、故郷に帰ってきたことを実感する。

「お客様、お疲れでしょう。歓迎の準備ができるまで、用意いたしました部屋でお休みください」

「え？　俺は……」

動揺した様子の騎士団長様。けれど、チラリと私に視線を送ったあと、その言葉に従うことにしたようだ。

「シルヴァ様も、顔色が悪いですよ？　休んでいってください」

「う……。なんというか、この家の執事には敵わないんだよなぁ」

騎士団長様とオーナーは執事のリバーに客室に案内され、玄関には私と弟だけが残された。

「姉さん……」

「久しぶりね？」

「ウィアー子爵令息みたいな男と婚約破棄できたのは良かったけど、僕はてっきりシルヴァ様とくっつくと思っていた。筆頭魔術師と騎士団長。王国最強の二人を両方侍らせてくるとか、姉さんは大陸制覇でもするつもりなの？」

「へ？」

「……あいかわらずの無自覚か。姉さんは変わらないね」

急に大陸制覇だなんて、訳のわからないことを言い始めた弟。

苦労しているせいで大人びてはいても、まだそんなお年頃なのかしら。

「姉さん、王国の英雄を二人とも連れてきたことをからかっただけだ。わかっているよね」

「は、はい……」

昔から弟は、私よりしっかりしていて敵わない。

それにしても、恋人になったはずの騎士団長様はともかく、オーナーは私のことを妹のようにしか思ってないのに『侍らせる』なんて失礼だ。

しばらく、久しぶりの姉弟《きようだい》水入らずを楽しんでいると、少し開いた窓から妖精が一匹入り込んできて、弟の肩にとまった。

「ふーん……。また姉さんは事件に巻き込まれたんだ」

「えっ？」

「妖精から報告を受ける度に、僕がどれだけ心配しているかも知らないで」

心底あきれたような、心配しているような複雑な表情を私に向けた弟。

私が王都で引き起こしたあれこれは、妖精から弟に筒抜けらしい。

「……まあ、僕はどちらが義兄《にい》さんでもいいけどね。妖精が、『ヴィランド卿は強すぎて怖いけど、いい人。それにリティリアのことが本当に好き』って言っているから」

「な、なにを言って……」

「妖精は嘘をつかない。姉さんは知っているだろう？」

「……知っているけど」

妖精が見えるだけで、お願いを聞いてもらうことはあっても会話はできない私。

一方、魔力豊富な弟は妖精と会話ができる。母がそうだったように……。

まだ、妖精と弟は内緒話をしているようだ。

「……先が思いやられるけど、二人も英雄がそばにいて心強いと思えばいいのか？」

――弟は苦労人だ。

それは、私がぼんやりしているせいなのかもしれない。

これからはできる限り弟の力になれるように頑張ろう。

そう心に決めた私を見つめ、弟はほんの少し口の端を上げたあと小さなため息をついた。

「ところで姉さん」

ソファーに隣り合って座った、私と弟。

並べられたコーヒーは、弟がブラックで、私の分にはミルクがたっぷり入っている。

三年前はコーヒーなんて飲まなかったのに、と密かに衝撃を受ける。

……そうよね。この時期の三年間を甘く見ていた。

可愛かった弟が、こんなに大人になってしまうなんて……。

「姉さん？」

「あっ、ごめんなさい。何かしら？」

「……そのポケットにある魔鉱石」

オーナーが魔法で作ってくれたワンピース。

たくさん詰め込んでいた魔鉱石を、着替えたときにスカートのポケットにもう一度詰め直した。

だから私のポケットは、不格好なほどパンパンに膨れている。

「そんなにたくさん見つけるなんて、もうあの場所に行ったの？」

「……どんぐり山を少し散策するだけのつもりだったのよ？」

「うーん。なんて言うか、昔から姉さんは周囲を巻き込んで、無自覚にいろいろ引き起こすからなぁ」

……そんなことはないと思う。

そう思うのに、騎士団長様と出会ってからの日々を思い返せば、魔女様に妖精に魔鉱石と事件や問題ばかり引き起こしている気がする。

……少なくとも騎士団長様は、私が引き起こした事件に巻き込まれ続けている。

「まあ、巻き込まれる人たちは、たいてい自分から姉さんのために飛び込んでいる気がするから、そのままの姉さんでいればいいと思うよ？」

——弟が、どこか辛らつな言葉を浴びせながら天使のように笑うのは、以前と少しも変わらなかった。


そのあと弟に連れられて入った私の部屋は、あの日のまま整えられていた。

クローゼットには、真新しいワンピースといくつかのドレスが並んでいる。

「これは……」

「最低限の荷物で来ると思ったから、用意しておいた」

「ありがとう……。でも、こんな贅沢」

「もうレトリック男爵家は完全に持ち直した。何度もあの人が支援してくれて、王家からの支援が途絶えていたことも解決してくれたから……」

「あの人って」

「ヴィランド卿に決まっている」

そう、騎士団長様と私の噂を聞きつけた弟からの手紙には、騎士団長様がずっとレトリック男爵家を支援してくれていたことが書かれていた。

私がカフェ・フローラで幸せに過ごしていた間も、騎士団長様は、レトリック男爵領を助けてくれていた。

私のことを心配して、捜し出して、コーヒーを飲みに来てくれた。

「でも、僕は公平だからね。ヴィランド卿だけを応援するのは気が引ける」

「……え？」

「カフェ・フローラ、あの店をシルヴァ様が作ったのは……」

弟はあいかわらず天使みたいな笑顔で、どこか楽しそうに続けた。

その言葉を聞いてしまったら、きっともう元には戻れない気がする。

それでも、弟はほんの少し目線を下げたあと、私に告げた。

「……姉さんを守るためだ」

レトリック男爵家の没落には、王族まで関わっていたという。

弟の言葉を聞いたとき、今も無事でいられて幸せに過ごせているのはオーナーと騎士団長様のおかげなのだと、鈍感な私はようやく気がついたのだった。

＊　＊　＊

「リティリア・レトリック男爵令嬢、君との婚約を破棄する」

「ギリアム様？」

レトリック男爵領に起こった数々の不幸な出来事。そして、流行病で母を亡くし悲嘆に暮れていた私に、その言葉は唐突に告げられた。

度重なる天災、流行病、魔獣被害。さらには王家からの支援も滞り、魔鉱石を産出し潤沢な資産を持ったレトリック男爵家は危機に瀕していた。

「それは、いったい……」

「言葉通りだ。俺は、隣にいるピエーラ・ジュリアス男爵令嬢と婚約を結び直すことになった」

「そんな……」

ピエーラ・ジュリアス男爵令嬢と私、そしてギリアム・ウィアー子爵令息は、幼い頃からの友人だった。

「ピエーラも私とギリアム様の婚約を祝ってくれていたのに、どうして……」

「ピエーラのことを馬鹿にして嫌がらせをしていたそうじゃないか」

……そんな、そんなことしていない!! 叫ぼうとした言葉は、渇ききってしまった喉に阻まれて、声にならなかった。

不自然に打ち切られたという王家からの支援、婚約の一方的な破棄。

けれど、そのことに反論するほどの力は、今のレトリック男爵家にも私にも残っていなかった。

その日私は、恋してはいないけれど、きっと助け合って生きていけると信じていた婚約者に一方的に別れを告げられたのだった。

＊　＊　＊

「それで、姉さんはなにも言わずに帰ってきたの？」

ことの顚末《てんまつ》を聞いた弟は、私よりも怒っていた。

王立学園に通うことをあきらめ、領地の学校に通っている彼は、いつも私のことを心配してくれる。

——これでは姉弟が逆さまみたいだ。

「……ごめんなさい。ウィアー子爵家からの支援があれば、すぐに持ち直せたと思うのに」

「姉さんのせいじゃない。それに、おかしいんだ」

弟は私よりも三歳も下なのに、本当にしっかりしていて、すでにレトリック男爵家の執務も始めている。

「……何が？」

「婚約破棄から間もないのに、すでに姉さんへの婚約申し込みが相次いでいる。……それも、断りにくい高位の、しかも問題がある貴族ばかりだ」

「そ、そうなの」

レトリック男爵家は魔鉱石に関連した事業に携わり、爵位にしては強い発言力と影響力を持っていた。

今この状況では、少しでも条件のいい申し出を受け入れるのが得策だろう。

「姉さん、受け入れる気じゃないよね？」

私と同じ紫色の瞳が、少し鋭くなった。

でも、それ以外の方法が私には思い浮かばない。

「……しばらく、行方をくらませてくれるかな」

「……え？」

「大丈夫、幸せに暮らせるよ。すでに、あの人から申し出があったから」

――弟は天使のように笑った。

この笑顔になったときの弟はテコでも動かないことを、姉である私は知っている。

「王族が関わっているようだ。時間がない。父上も了承済みだから」

「え、ええ!?」

あっという間にまとめられた荷物と、この状況でどうやって手配したのかわからない豪華な馬車。

乗り込みながら振り返った私を見送るように、何人かの妖精がフワリと私の周囲を巡って飛び立っていった。

――こんなことになるなら、あの騎士様に一度だけでも話しかければよかった。

ふと浮かんだのは、何度か遠目に見た、黒髪にエメラルドグリーンの瞳が素敵な騎士様のことだ。

淡い初恋に似たその記憶と感傷は、母を失い、婚約破棄されて、故郷を去った辛い記憶とともに蓋をされ、再会まで封印されてしまうのだけれど……。

こうして私は詳しい説明も受けないまま、住み慣れた故郷を離れて王都へと向かったのだった。

＊　＊　＊

レトリック男爵家は、どちらかといえば田舎貴族の部類に入る。

距離はそれほど離れていないけれど、私が王都に来たのは子どもの頃以来だ。

「確か、このあたりのはずだけれど」

大きなリュックを背負って周囲を見渡す。

次の瞬間、ひらりと一枚の木の葉が私の前を横切った。

その木の葉は、まるで意思があるみたいにクルクルと私の前で回ると、通りの向こうへと飛んでいく。

弟は、以前助けたことがある筆頭魔術師シルヴァ様が、あのときの恩返しに私を助けてくれることになったと話していた。

――シルヴァ様の魔法？

私はそんなに魔力に敏感ではないけれど、木の葉からは確かにシルヴァ様の気配がする。

慌ててリュックを背負いなおすと、私は木の葉を追いかけた。

木の葉はクルクルと飛びながら、メインストリートへと近づいていく。

突然目の前に、そのお店は現れた。

「カフェ・フローラ？」

淡いピンク色のレンガに、白い扉。

想像していた以上に可愛らしいけれど、確かに聞いていたお店の名前だ。

「……よく来たね」

そのとき、聞き慣れた声がした。

先ほどまで自由に飛んでいた木の葉は、魔法が解けたのか、ひらりと地面に落ちる。

ヒョイッと私の背負っていたリュックを取り上げたその人は、久しぶりに会うけれど、やっぱり目が開けられないほど眩しい美貌だった。

「お久しぶりです、シルヴァ様！」

「長旅ご苦労様、リティリア。ところで、今後俺のことはオーナーと呼ぶように」

「オーナー？」

「そう、いい子だ」

頭にポンッと置かれた手。

シルヴァ様、いいえ、これからはオーナーと呼ぶことになるらしい……。

彼と私はオーナーと従業員にしては距離が近い。

それはきっと、家族から離れ一人で王都まで来た私を心配してくれてのことだろう。

「……今日からここで働くんですね！　面接とかするんですか？」

「……働かなくてもいいけれど、リティリアがそれを望むなら、今から面接をしようか」

「はい!!　こんな素敵なお店で働けるなんて夢みたいです!!」

「そうか。気に入ってくれたのなら、作った甲斐もある」

いつものようにミステリアスな微笑みを私に向けたオーナーは、エスコートするように私を店内へ誘《いざな》った。

「すごい!!　え、どんぐり山ですか!?」

「ああ、リティリアが来る日は、このテーマにしようと決めていたから」

「……妖精」

お店の中の景色は、魔法で作られたものだ。

懐かしい景色の中で、金色の鱗粉《りんぷん》をまき散らして飛ぶ妖精だけが本物だ。

「オーナー、これはダメです」

「ここには、俺とリティリアしかいない。誰も見ていない」

いろいろな出来事が起こっても決して泣かないと決めていたのに、私は危うく泣きそうになった。

そんな私の頭をそっと撫でてくれたオーナー。

あの日の出来事は、私の大切な思い出の一つになっている。

——でも、まさか全部私のために用意されたものだったなんて。

＊　＊　＊

「どうすれば、こんなに大きな恩を返せるのかな」

「……ずいぶん長く物思いにふけっていたけど、姉さんはシルヴァ様の命を何度も助けているんだから恩は返しているよ」

「……」

けれど、騎士団長様と出会うまで、カフェ・フローラは私のすべてだったから……。

「まあ、姉さんの中で答えは出ているみたいだから、僕はもうなにも言わないけどね」

弟の言葉はいつだって難しい。答えなんて……。

まだ私はその問いにすら、向かい合えていないのだから。

＊　＊　＊

さっきまでなら、気負うことなく入れたはずの客室。

でも真相に気がついてしまった今となっては、ドアを叩くのにも深呼吸が必要だ。

……オーナーは、私に命を救われた恩を返してくださったのよね？

あまりに大きすぎる恩返しに驚いてしまったけれど、今までだっていつもオーナーに助けてもらってきた。

私は私のやり方で、恩返しをしていけばいい。

ふうっ、と大きく息を吐いてドアをノックする。

そして、そっと開けて部屋を覗くと、エメラルドグリーンの瞳と金色の瞳が同時にこちらを向いた。

向かい合った二人はあまりに絵になる。

そういえば、カフェ・フローラのダリアも、オーナーと騎士団長様は熱狂的なファンクラブがあるほど人気だと言っていたわ。

二人とも深刻な表情をしているから、なにか大事な話をしていたのだと予想する。

「あの、お邪魔でしたか？」

「リティリアが邪魔なはずないだろう」

立ち上がった騎士団長様は微笑むと、私のそばに来て手を取った。

そのまま当然のようにエスコートされた私は、先ほどまで騎士団長様が座っていた場所に座らされる。

そして隣に座った騎士団長様。

なぜかいつもより少し距離が近いような……。

用意されていた紅茶を一口飲んで、オーナーが顔を上げる。

「手に持っているのは、魔鉱石の原石かな？」

私が籠に入れて抱えてきたのは、オーナーの言う通り魔鉱石だ。

ぱっと見ただけなら、ゴツゴツした白い石にしか見えないけれど、割ってみればわかる。

――魔鉱石は、当たりを引くのが難しい。

何千個も割って、ようやくまともに使えるサイズの魔鉱石が出るのが一般的だ。

……でも、これは妖精が教えてくれたものだからすべて当たりだ。

「リティリア、俺は見るのが怖い」

「俺も予想はすでについているが……」

「オーナーも騎士団長様も見ていてください。今から恩返しします!!」

「「……」」

二人とも黙り込んでしまったけれど、気にせず籠に一緒に入っていたトンカチとノミを取り出す。

注意深く原石を割れば、中から透明な石がコロリと飛び出した。

……ふふっ、初めから大当たり。

「そのサイズ……」

「予想の遥か上をいきそうだ」

騎士団長様とオーナーの、驚いたようなあきれたような声。

でも、まだまだこれからなのだ。だって原石はこんなにたくさんあるのだから。

それから小一時間、私は黙々と原石を割った。

戦果は思った以上。市場に出回る数倍の大きさの魔鉱石も三個ほどあった。

「どうですか!?」

「……どうですか、と言われてもなぁ」

「すごすぎる、としか言いようがない」

騎士団長様とオーナーは揃って眉根を寄せ、顔を見合わせた。

「恩返しになりますか!?」

「……返しすぎじゃないか。それにしても純度が高いな」

少し戸惑ったように見えた騎士団長様は、小さい魔鉱石を指先で摘まんだ。

……小さいけれど一番質がいいものを手に取るなんて、お目が高いです!!

「……俺にくれるのか？」

「はい！　それ、この中で一番質がいいものですよ！　小さいけれど市場には出回らないでしょうね」

「そうだろうな……。そうだ、これだけの純度なら」

大きな手が小さな魔鉱石を包み込む。

その瞬間、太い節くれ立った指の隙間から、銀色の光があふれ出した。

騎士団長様の魔力は、美しい銀色だ。

でも色が見えるほど強い魔力を出すなんて、いったい何をしているのだろう。

「騎士団長様？」

「魔力の調整にはあまり自信がないんだ。少し黙っていて？」

「は、はい」

数分の沈黙。光が徐々に小さくなって消え、騎士団長様が微笑みながら顔を上げた。

「両手を出してくれないか？」

「えっ、こうですか？」

揃えた両手の上に転がってきたのは、先ほどまで無色透明だった魔鉱石だ。

今は銀色の光を宿して、時々七色に変化しながらキラキラ輝いている。

「へぇ、楽しそうだな。俺もやろう」

オーナーが手にしたのは、もう一つあった、小さいけれど高品質な魔鉱石だ。

指の間からまばゆいほどの金色の魔力があふれる。

「こんなものかな？」

王宮魔術師のオーナーは、さすがものの数十秒で手のひらを開いた。

「えっ、あの？」

「うんうん、ひびも入ってない。俺たちの魔力に耐えられるほど質の高い魔鉱石は珍しいからね」

私の手のひらには、まるで金と銀の星みたいな魔鉱石。

二つの石は、最高級の宝石でも敵わないくらいキラキラ輝いていた。

「あっ、なにか楽しそうなことしている！」

途中から来た弟は、一旦部屋に戻ると自分も小さな魔鉱石を手に戻ってきた。

そしてやはり魔鉱石に魔力を込める。淡い紫色の魔力を。開いていた扉から妖精が美味しい香りに誘われたかのように近づいてくる。

やはり数分で光は小さくなった。

「うーん。やっぱりシルヴァ様はすごいな……」

「いや、腕を上げたな、エルディス」

「ほら、姉さん。受け取って」

結果、私の手のひらには、淡い紫、そして金と銀の魔鉱石が残された。

「えっと、これはものすごく価値が高いのでは？」

「そうだね。姉さんのネックレスに仕立ててもらえばいい。……ヴィランド卿に」

「それではお礼にならないのでは!?」

「残りの魔鉱石でも、十分王都に屋敷が建つだろ？」

「……残りを二人で分けるよ。リティリア、ありがとう」

「はっ、はい……」

数日後、三つの魔鉱石は地元の職人の手により魔石に加工されネックレスとなり、私の胸元で輝いていた。

＊　＊　＊

胸に輝く魔石は、たぶん値段がつけられないに違いない。

拾った魔鉱石にそれぞれの魔力を込めてもらっただけだから、元手はかかっていないにしても……。

市場に出回らない高品質の魔鉱石に、輝く星屑の光をその手で掴めるほどの力を持つ三人の魔力が込められた……。

値段を考えるのが怖いけれど、胸に輝く魔石は三人の気持ちが込められているようで、見るたびに頬が緩んでしまう。

「嬉しそうだな？」

「はい！　とても嬉しいです」

「そうか。ところで……」

騎士団長様が差し出したのは、大きな箱だった。

促されるままに開けてみれば、中には薄い紫色のドレスが入っていた。

「あ、もしかして、あのときのドレスが出来上がったのですか？」

「そうだ。他のドレスは王都の屋敷に送ってもらったが、これだけはこちらに届けてもらった。

……リティリアにさぞ似合うだろうな」

微笑んだ騎士団長様。

こんなに素敵な人からドレスを贈られて、喜ばない女性なんてきっといない。

「騎士団長様、ありがとうございます。でも、お礼をしてもしても、いつもそれ以上のものをすぐ返されてしまって困ります」

照れ隠しがほんの少し紛れているにしても、間違いなくそれは私の本音だ。

「いや、本当にそのドレスについては……」

騎士団長様がわかりやすく眉間のしわを深くする。

何かあったのかと首をかしげると、騎士団長様が一通の手紙を取り出した。

王国の誰もが知っている、鷲と国旗の紋章が描かれた封蠟《ふうろう》……。

「……え、まさか」

「その、まさかだ。王家から夜会の招待状が来ている。リティリアも一緒に来るように書かれているんだ……」

「わ、私にもですか!?」

社交経験がほとんどない私にまで……。

確かに騎士団長様と一緒にいると決めたとき、社交界は避けて通れないと覚悟はしたけれど、こんなに早く。

「……領地での魔鉱石に関する問題が片づいたら、一緒に参加してもらえるだろうか」

「……私で役に立てるでしょうか」

「そんなことは考えなくていい。そもそも、俺にはリティリア以外にはパートナーがいない。頼むのはこちらの方だ」

騎士団長様のパートナーになりたい人は、星の数ほどいるに違いない。

それでも、私が良いと言ってくださるのなら……。

「私、がんばります。その夜会はいつですか？」

「十日後だ……」

「そうですか。それでは、魔鉱石の採掘をしてくれる人たちと一緒に早く採掘場へ行かないと……」

「まだ十日もある」

「魔鉱石の件を解決して戻ったらすぐ夜会になってしまいます。今夜から特訓しなくては」

その言葉を私が告げると、騎士団長様は美しいエメラルドグリーンの目を瞬《しばたた》いた。

「……特訓？」

「はい！　騎士団長様の隣に立つための特訓です!!」

礼儀作法については母に厳しくしつけられたし、ギリアム様の婚約者として身につけた貴族令嬢としての振る舞いもきっと役に立つ。

でも、もっとがんばって、騎士団長様の隣に堂々と立ちたいのだ。

「……そうか。そのネックレスはとてもよく似合うが……。その日までに俺の魔力だけを込めた指輪を用意したら、つけてくれるのかな？」

「え？」

「……俺の婚約者として参加してほしいから」

その瞬間、こぼれてしまった涙。

わかりやすく慌てている、涙でぼやけた騎士団長様。

「こっ、これは、嬉し涙ですから！」

騎士団長様に誤解されては大変と、必死で涙を拭っていると、頬に大きな手が触れてそっと口づけられた。

「……ああ、知っている、と言えるくらい自信が持てたらいいのにな」

「騎士団長様」

「リティリアのことだけは、あきらめることもできず、自信を持つことも苦手だ」

「そうですか……。でも、私も自信がないんです。だからもっと、自信をもたせてください」

そっと、騎士団長様の胸元を指先で引っ張って、目をつむる。

落ちてきた優しい口づけは、まるでお互いが好きだと告げる告白みたいだった。

＊　＊　＊

私は今、ものすごく気合いを入れて、魔鉱石の採掘場に行く準備を進めている。

一緒に来ていただく予定の方々は、信頼については弟のお墨付きだ。

「姉さんは人を信じすぎるから、人選は僕に任せてよ」

それに関しては何も言えないので、しっかり者の弟にすべて任せることにした。

騎士団長様とオーナーまで同意している様子だったし……。そんなに私が信用できないのだろうか。

そしてオーナーは、一足早く王都へ帰ってしまった。

さすがに騎士団長様と魔術師団長であるオーナー不在のままでは、王都の安全を守ることはできないらしい。

「騎士団長様、オーナーは大丈夫でしょうか」

「……そうだな。先日のようなことが起こったときには、リティリアが助ければいい」

長い沈黙は、きっと騎士団長様やオーナーが完全に安全ということなどあり得ないという意味なのだと思う。

「そうですね」

頭を撫でてくれる騎士団長様は、私のことを好きだと言いながら、いつも子ども扱いしてくる。

お役に立つところをたくさん見せれば、大人の女性として見てもらえるのだろうか。

そうであれば、いつも以上に今日はがんばらなくてはいけない、と決意を新たにする。

「……がんばります！　採掘できる人が増えれば、魔鉱石の供給も安定するでしょうから！」

「ああ……。そうだな」

私と一緒に入れれば、次からは妖精たちがその人たちを通してくれる。

もちろん妖精たちは人間とは違う思考をしているので、お気に召さなければ入れてもらえなくなるけれど。

「では、いってきます！」

出かけようとすると、騎士団長様は無言のまま私が背負おうとしたリュックを取り上げて、片方の肩にかけた。

「…………え？」

「一緒に行くに決まっているだろう？」

「……特に楽しいことはないですよ？　黙々と掘るだけですから」

「わかっていないな。リティリアと一緒に過ごせるだけですでに俺は楽しいんだ」

「うく!?」

さらりと告げられる言葉に、今日も私はノックアウト寸前だ。

「それに、リティリアに贈る魔鉱石をせっかくだから自分で探したい」

「ふぁっ……!?」

見慣れてしまったと思っていたけれど、こうして見ればやっぱり騎士団長様は、信じられないほど見目麗しい。

エメラルドグリーンの目を細めてニッコリ笑った騎士団長様は、その笑顔にどれだけの破壊力があるのかなんて知らないのだろう。

密かに呼吸を整える。私だって、もちろん騎士団長様がそばにいてくれたなら嬉しいし楽しい。

「…………わかりました。行きましょうか」

「………………」

「あの？」

少し眉根を寄せたあと、騎士団長様はゆるく首を振って、なにもなかったかのように微笑んだ。

「何でもない」

「……そうですか？」

だからそのときは、気にもとめなかったのだけれど……。

騎士団長様の嫌な予感はよく当たる。

だから、あとになって思えばきちんとそのことを伝えてほしかったけれど……。

聞いたところで、結果は変わらなかったのだろう。

私はあきらめのため息とともにそんなことを思うことになるのだった。

＊＊＊

急な斜面を登るなんて、普段の生活ではほとんどない。

すぐに息が上がってしまう私に気がついた騎士団長様が手を引いてくれる。

「抱き上げて登ろうか？」

「……恥ずかしいから結構です」

「そう。それなら二人きりのときに」

騎士団長様は、自分がどれほどカッコいいか知っているのだろうか。

少々自覚が足らない気がしてならない。

すでに足元には小さな小さな白い石ころが交ざり始めている。

小さな魔鉱石の原石。一つ一つはお土産くらいの価値しかないかもしれないけれど、その中の一部には魔鉱石が入っている。数を集めれば十分魔道具の稼働に使えるだろう。

「さ、そろそろ妖精たちの領域です。私から離れないでくださいね？　振り出しに戻ってしまいますから」

妖精たちは基本的にこの先に人を通さない。私と一緒の場合を除いて……。

「くっ!?」

「リティリア？」

少し人数が多かったのかもしれない。

妖精たちが私の連れてきた人たちを通してくれるのは、魔力という対価を払うからだ。

前回は騎士団長様一人だったから何でもなかったけれど、今回は数十人一緒だ。

魔力が淡い紫色の瞳から勢いよく抜き取られていくのが、きっと騎士団長様には見えているに違いない。

それにしても、思った以上に魔力が抜き取られている……。なぜかしら。

どうしてもしなくてはいけないことだと理解してくれているのだろう。騎士団長様はやめるようにとは言わなかった。

「……ひゃ!?」

私の思いを尊重してくれることに感謝した瞬間、足が地面から浮いた。

魔力はあいかわらず、瞳から抜き取られている。

周囲を飛び回る妖精たちは、私の魔力を食べて少々興奮しているようだ。

「あの、騎士団長様。恥ずかしいと……」

「リティリア、帰ろうと言わなかった俺を褒めてくれ」

「え……。あの」

「褒美に抱き上げるくらい、許してくれてもいいだろう?」

「え?」

周囲を見回せば、生温かい視線が向けられている。

でも魔力を奪われていると理解しているからなのか、誰も何も言わない。それが逆に恥ずかしすぎる。

「……騎士団長様」

「リティリア、進もうか」

「はい」

羞恥心いっぱいのまま、それでもなんとか妖精たちの領域を私たちは抜け出す。

一緒に来た人たちは、魔鉱石採掘の専門家だ。

魔鉱石なんて見慣れているだろう彼らから、ざわめきが起こる。

それはそうだろう。こんなにも魔鉱石が密集している場所なんて、大陸中探したってほかにはない。

——これで、私の一番重要な役割は終了だ。

そのとき背後から色っぽい大人の女性の声がした。

「……すごかったわね」

「ええ、大陸有数の産出地ですから」

「ふふ。ちょっとだけ空間を繋いだから良質な魔鉱石を手に入れることができたわ」

「あれ？」

次の瞬間、私を抱きかかえる騎士団長様が手に力を込めた。

決して私のことを放さないとでもいうように。

「あら、今回もヴィランド卿はついてきてしまったのね」

気がつけば、私たちの前には赤い屋根の小さな家。

そこには、白銀の髪にアメジストの瞳を持つ美女が一人立っていた。

「……お久しぶりです、魔女様」

私を背に隠すように立った騎士団長様は、深くお辞儀をする。

私も慌てて頭を下げる。

「いいのよ。頭を上げてちょうだい。前回許可したのだから、もちろんヴィランド卿も歓迎してあげるわ。……あなたたち二人を見ていると悠久の時を過ごす退屈を少しだけ忘れることができるから」

「感謝いたします」

今日も魔女様は、少し怖くなるくらい美しい。

騎士団長様の緊張感が伝わってくる。

王都に来てから、私は魔女様という存在が実在することを知った。

私にとっては、七色の不思議なサクランボを分けてくれる人、という印象しかないのだけれど……。

誰よりも強いはずの騎士団長様がこんなに警戒しているところを見ると、私が間違っているのかもしれない。

「ところで、シルヴァと会った？」

「……オーナーと？　……会いましたが」

「元気だった？」

「……それは」

騎士団長様の背後に隠れているので、魔女様の姿は見えない。

「……元気では、なかったです」

「そうでしょうね」

魔女様の足音が遠ざかっていく。

「来なさい」

少しきしんだ扉の音。

赤い屋根の小さな家に、私たちは今日も招かれる。

「それにしても、思った通りあなたたちはそういう関係になったのね。ずいぶん子どもっぽくて、初々しくて、可愛らしいにしても」

テーブルの前に置かれた小さな木の椅子を勧められて、二人隣り合って座る。

「今日はリティリアもちゃんと飲みなさいね？　魔力が底をつきかけているわ。まあ、無理にこの空間と妖精の棲家を繋いだのが一番の原因でしょうから……お詫びの気持ちを込めたわ」

今日出されたのは、まっ赤でドロドロして湯気を立てている怪しい飲み物だ。

それにしても、予想よりも魔力が多く抜き取られたと思ったら、あの場所が魔女様の家と繋がっていただなんて。

「飲めないものは入っていないわ。味は保証しないけど。温かいうちに飲むと魔力が回復するわ」

その言葉に、マグマみたいな飲み物が入ったカップを手に取る。

「あら、潔いわね」

ここまで黙っていた騎士団長様が、その飲み物を一息にあおった。

熱くないのだろうか……。

猫舌の私は、フウフウしながら口をつける。

――確かに味わって飲んではいけない類いの代物だ。

けれど、せっかく用意していただいたので頑張ってすべて飲む。

「……発言をお許し願えますか？」

「……礼儀正しいのね。そういうのは、嫌いじゃないわ」

「ありがとうございます。……リティリアを呼び寄せたわけを教えていただけますか？」

魔女様は、棚の中から取り出したカードを持ってくると私たちの前に座った。

「そうね」

差し出された一枚のカード。

そこにはやはり、恋人が描かれている。

「リティリアは、これからも選ばなくてはいけないわ」

「え？」

「でも、あなたの直感は間違いないわ」

カードがクルリとひっくり返される。

「こうなってしまわないように、大切なものを間違えないでね？」

それだけ言うと、魔女様は棚からたくさんの七色のサクランボを取り出して私に差し出した。

「あの店のテーマ、実は毎日楽しみにしているの。でも、リティリアがいないと見ていても今一つ楽しくないわ」

気がつけば私たちは、淡いピンクのレンガが目印のお店の前にいた。


「とりあえず、こんなにたくさん七色のサクランボがあっても……。届けていいですか？」

「あ、ああ……。予想外に早く帰ってくることになったな」

「そうですね。最低でもあと一週間くらいは帰れないと思ったのですが」

顔を見合わせた私たちは、従業員用の裏口からお店に入った。

今日のお店はどこか薄暗い。

店内をそっと覗けば、星屑がきらめく夜空が広がっていた。

「ま、まさかオーナーは、また調子が悪いのでしょうか」

「先日の様子からして、魔力のコントロールに難儀しているのかもしれないな」

「…………」

「とりあえず、七色のサクランボをしまうか？」

「そ、そうです……ね。あわわわ」

棚を開けてみた私は衝撃を受ける。

なんということだろう。長期休暇をいただく前に在庫に関しては指示をして問題ないようにしていたはずだ。けれどすでに棚の中は空になっているものが多く、並び順もぐちゃぐちゃになってしまっている。

「あわわわ！」

「……なるほど。つまりこの店は、リティリアの手腕によって回っていたということか」

「そ、それは言いすぎですけれども!!」

けれど、確かにお店のお菓子は半分私が作っていたし、在庫管理も最近は一手に引き受けていた。

でも、ちゃんと仕入れられるだけ仕入れて、次の仕入れについても手はずを整えていたはず……。

「騎士団長様、私……」

「このまま働く気か？」

「だ、だって、これはまずいですよ」

「そうだな。俺もそう思うが」

騎士団長様は裏口からバックヤードに入り込み、水道で手を洗った。

「ふむ、七色のサクランボを置くのはここか。これは種類ごとに分けているんだな？　しかし、ずいぶん乱れてしまっているようだ」

ささっと品物を並べ替えていく騎士団長様の手際はものすごく良い。

あっという間に棚が整理され、足りない在庫がハッキリとしていく。

「す、すごい……」

「入団したばかりの頃に、備蓄倉庫の管理を任されていたからな。似たようなものだろう。さ、リティリアは、足りない在庫を仕入れる手はずを……」

その手は止まることなく、むしろ以前よりも整然と完璧に整えられていく。

何でもできる人というのは存在するのだと感動しながら眺めていると、後ろから華やかで興奮した声が聞こえてきた。

「……リティリア!!」

「ダリア……？　わ、可愛い！」

この店ナンバーワンの人気店員ダリアは、今日も可愛らしい。

今日の衣装は水色のワンピースだ。動く度にチラリチラリとフリルが覗くワンピースはあまりに可愛らしい。

妖精の羽が生えているワンピースの各所に輝いているのは本物の星屑に違いない。

金色の髪の毛はツインテールにまとめられ、可愛らしさを増している。

「うぅ！　助けて!!　みんな体調を崩してしまって、私一人なの！」

「え、えぇ!?　それは大変!!」

用意されていた衣装に身を包み、私は騎士団長様のことをすっかり忘れて仕事を開始してしまったのだった。

真剣に仕事に取り組んでいると、時間が過ぎるのは早いものだ。

特にものすごく忙しい日であればなおさら。

「ふ、ふう……。何とかお客様すべてにご満足いただけたようだわ」

額の汗を拭う仕草をしながらも、ダリアは一分の隙もなく可愛らしい。

久しぶりにイチ押し店員に会えて私は幸せだ。

「ところで、どうして今日はお店に？　まだ故郷にいるはずだったんじゃないの？」

「あ、それはね…………。あっ、あー!!」

私はバックヤードに飛び込む。

全くお客様が途切れない上に、二人しか店員がいないせいでとにかく忙しくて、思い出す間もなかった。

「も、申し訳ありません……。……え？」

磨き上げられて輝く床。

完璧に整えられた棚。

帳票には、在庫の不足分が正確に記載されている。

「こ、これは？」

「リティリアが働いているのに、何もしないわけにいかないだろう」

「え、でも、完璧すぎませんか？」

「騎士団では、備品、食糧管理ができなければ飢えるからな」

「な、なるほど……？」

最後にお皿を洗って帰らなくてはいけないと思ったのに、すでに洗って磨き上げられている上にしまわれている。

「え？　伯爵家のお方のはずでは……」

「……リティリアも貴族令嬢だろう？　それに、騎士団にいるんだ。身の回りのことくらいできるに決まっているだろう？　まあ……子ども時代は、料理くらいは自分で」

「あ、あの」

「ん？」

そうだ、騎士団長様は、お父様であるヴィランド伯爵が政略結婚前に付き合っていた女性との間に生まれたと言っていた。

色々と事情があるのかもしれない……。

「私でよかったら、毎日料理します。……あ、でもそれは料理長さんのお仕事ですね」

「はは。可愛いな。リティアの作ってくれた食事はきっと料理長にとっても新鮮だろう。ぜひ作ってほしいな。そして、一緒に食べよう」

「は、はい！」

手を引かれ、チラリと振り返ると、ダリアが小さく手を振って軽くウインクした。

視線を下げれば、大きいけれど少し冷たい手にすっぽりと包まれた私の手が見える。

「……泊まっていくだろう？」

「え？」

「料理長には連絡しておいた。リティリアに会えると小躍りしていたよ」

「い、いつの間に？」

「まあ、合間にな」

騎士団長まで上り詰めるお方というのは、何でもできるのだろうか。

一人感心しながら手を引かれ歩いていく。

「あと一週間程度休みがある。明日は一緒に、あのドレスに合う装飾品でも揃えに行こうか。そうだ、ドレスを送ってもらわなくてはいけないな……」

「え？」

「面倒かもしれないが、ヴィランド伯爵家の婚約者として、ある程度体裁を整えてもらわなくてはいけない。そうそう、それから魔鉱石を加工してもらおう」

そう言って、騎士団長様はポケットから魔鉱石の原石を一つ取り出した。

「あ、いつの間に……」

「うん、魔女の家に飛ばされる直前、足元に転がってきたんだ。割ってみようか」

「え？　でも、ハンマーもノミもないですよ」

「問題ない」

騎士団長様が魔力を流すと、原石は銀色に輝いたあと、パカリと真っ二つに割れた。

「す、すごい……。それに、なんて綺麗な魔鉱石」

「ああ、これは当たりだな。妖精からの贈り物かな？」

騎士団長様の手には、少し小ぶりだけれど最高品質の魔鉱石がのっている。

「指輪に加工するのにちょうど良さそうだ。今日中に魔力を込めておくよ」

「えっ……」

そう言って笑った騎士団長様のご尊顔は、あまりにも眩しい。

その瞳は、まるで南の海に日が当たって反射したみたいにキラキラしている。

少しだけ強面な印象がある騎士団長様は、笑うと急に可愛くなるのだ。

その笑顔に胸をときめかせた私は、彼のお屋敷に泊まるという事実をすっかり忘れ、手を引かれていったのだった。

＊　＊　＊

久しぶりの来客に今日も騎士団長様のお屋敷に勤めるの使用人たちは浮き立っていた。

以前よりも華やかに飾られたエントランス。

前回、普段着のワンピースで訪れてしまったので気を遣われたに違いない。

着いた途端、連れ去られるようにお風呂に案内され、磨きに磨き抜かれてドレスに着替えさせられた。

「あれ……。でも、このドレスはいったい」

「ああ、採寸したときに頼んでおいたものが届いたようだな。間に合って良かった」

「え!?」

すでにクローゼットには色とりどりのドレスが収められている。

もちろん、以前採寸してもらっているため、サイズもぴったりだ。

「騎士団長様……」

「屋敷の中でくらい、名前で呼んでくれないか」

「えっと、その……アーサー様……」

「ああ、リティリア」

エメラルドグリーンのリボンがあしらわれた、クリーム色のドレス。

着心地がものすごくいいそれは、上等な生地でできているのだろう。

いきなりこんなに贈られたら困ります、と言おうと思ったのに、あまりに満足げに騎士団長様が笑うものだから言いそびれてしまった。

「――――こんなの、私には分不相応です」

「俺としては、これでも足りないくらいだ」

「いったい、いくら使ったんですか」

「ちゃんと余剰資金から出している」

――そういう問題なのだろうか。

まだ結婚したわけでもなく、婚約者としてのお披露目すらしていないのに……。

「十日後には、夜会で婚約者として公表するんだ。そのあとは、すぐにでも結婚したいな」

「え、そ、それは……」

「────嫌か」

騎士団長様がわかりやすく肩を落とす。

困ってしまう。私はもちろん嬉しいけれど、まだ解決できていないことがたくさんある。

このままでは騎士団長様に迷惑をかけてしまう。

「……レトリック男爵領への支援を止めていたのは、やはり王弟殿下だった」

「……王族が関わっていたなんて。巻き込まれてしまいますよ」

「喜んで……。だが実際問題、騎士団長としても見過ごすわけにいかない。おそらく王弟殿下の目的は、魔鉱石を使って隣国と手を組み……」

そのとき、食事ができたという知らせがあった。

話は途切れてしまったけれど、魔鉱石を使って隣国と王弟殿下が手を組むだなんて、大変な事態なのではないだろうか……。

「アーサー様」

「リティリア……。そんな顔をさせたいわけではないが、王国の平和を守るためにも見過ごすことができないんだ」

「……でも、危険ですよね」

その質問への返答はなかった。

代わりに額に軽い口づけが落とされる。

「心配するな……。俺は強いから」

「――――心配くらい、させてください」

「俺がいない間は、シルヴァ殿のそばにいる方がいいな」

「……それでいいんですか？」

今のは失言だったと後悔したけれど、一度口に出してしまったものは取り返しがつかない。

それなのに、騎士団長様は予想外にも微笑んだ。

「そうだな。シルヴァ殿にリティリアを奪われないか不安だ。……今夜は一緒に寝ようか」

「えっ、ええ!?」

「……冗談だ」

冗談だったのだろうか。一瞬本気にしてしまった。

でも、その割に私を見つめる騎士団長様の瞳は熱を帯びている気が……。

「本当に、冗談だ」

「わ、わかってます！」

赤くなってしまった頬は、どうしようもない。

微笑んだ騎士団長様に手を引かれて、私は食堂へと向かったのだった。

食堂に着くと、もう当たり前になってしまったように、騎士団長様は自分の隣の椅子を引いて私に座るよう促した。

「ありがとうございます……」

お礼を言うと、騎士団長様は幸せそうに笑った。

それだけで、再び私は心臓を鷲づかみされたような気分になってしまう。

「――――すごい」

最初に運ばれてきた前菜は、細く切った色とりどりの野菜が、大きな貝柱の上にリボンのようにクルクルと飾り付けられていた。すでに鞘が開かれて覗いているお豆も、薄く切られた色鮮やかなカブも、一つ一つの食材はよくあるものなのにとにかく可愛らしい。

カフェ・フローラのメニューは材料が特殊なので自宅で作ることはできないけれど、こちらであれば真似することができそうだ。

「冷める前に食べようか」

「はい。いただきます」

ほどよく焼き上げられた貝柱にフォークを刺すと、柑橘系の香りが漂う。

そう言えば、ソースがオレンジ色だ。

パクリと食べれば、想像通り、口の中に爽やかな風味が広がる。

「美味しいです」

「そうか。料理長に伝えておこう」

そのあとも私はどんどん食べ進み、結局デザートまで完食してしまった。

小さくて少しずつ出てくるから、つい食べすぎてしまう。

ちなみにデザートはパフェだった。

ピンク色のチョコレートで蓋をされたパフェ。開けると、ムースでできたウサギとハート形の苺が並んでいた。

料理長さんは、見た目は強面だ。そんな彼が可愛らしいパフェを作っている姿を想像すると、少し微笑ましい。

「――――さ、行こうか」

「は、はい」

「何をそんなに緊張して……。ああ、すまない。先ほどの失言か」

口元に指先を当てた騎士団長様が、フワリと微笑む。

南の海みたいなエメラルドグリーンの目が優しく細められるのを見るのは、いつだって心臓に悪い。

――きっと、騎士団長様は無自覚だ。

私の少し前を歩いていた騎士団長様の腕に、そっと腕を絡める。

いつの間にか窓の外は真っ暗になっていて、妙に不安になってしまう。

ふと浮かんだのは、魔女様が逆さまにして見せた恋人のカードだ。

「……何を怯えている？」

その言葉にドキリとして顔を上げる。

少しだけ眉根を寄せてこちらを見下ろした騎士団長様。

見えない不安を言葉にしてしまったら、きっともっと不安になりそうで……。

「そうですね」

「……リティリア？」

「一緒に寝ましょうか」

それにしても、料理長さんは確信犯なのだろうか。

最後に出てきたウサギのパフェには、やはりアルコールが入っていたらしい。

フワフワする思考の中で、騎士団長様の手を引いて無理矢理一緒にベッドに横になったところまでは記憶している。

けれど、私が覚えているのはそこまでだ。


――つまり、寝落ちしてしまったらしい……。

朝日と小鳥のさえずりに目を覚ましたとき、私のことをじっと見ていた騎士団長様と目が合った。

ちゃっかり腕枕をしてもらって眠っていたらしい私の心臓は、あまりのことに一瞬だけ鼓動を止めた。

「…………」

「…………」

沈黙したまま、私たちはベッドの上で向かい合っていた。

ずっと、腕枕をしてもらっていたのだろうか。手がしびれてしまうのでは……。

「――あの」

「可愛い寝顔だったな」

「……えっと、その」

混乱しすぎてしまった私は、思わず騎士団長様にクルリと背中を向ける。

実際に私たちは年齢差があるけれど、こんなにも余裕のある態度を取られると子ども扱いされているように思えてしまう。

私が招いてしまった、この状況だけれど……。

ドクドクと心臓が音を立てている。

騎士団長様が、私を後ろからギュッと抱きしめた。

ぴったりくっついた背中に感じるもう一つの鼓動。

「――うん。そろそろ限界だ。起きようか」

「……？　は、はい」

ベッドから出た騎士団長様は、さっと上着を羽織った。

いつも整えられている髪の毛が、少し乱れている、というより……。

「寝癖……」

「え？　……ああ、参ったな。実は寝癖がつきやすくて」

「そうなんですね」

少し慌てたように鏡台からブラシを取り出した騎士団長様。

その様子に余裕を取り戻した私は、手を差し出してブラシを受け取る。

俯いた騎士団長様の髪の毛は艶やかな漆黒で、思ったよりも軟らかい。

「アーサー様」

「……なんだろうか、リティリア」

「結婚したら、毎日こうして髪の毛を梳《と》かしてあげますね？」

「──そう。それは、ずいぶん幸せな朝だな」

寝癖が収まると、騎士団長様は続いて私を鏡台の前に座らせ、絡まりやすくて癖の強い私の髪を黙々と梳かしていく。

騎士団長様の手に収まるとブラシが小さく見えて、口元が緩んでしまう。

髪を梳かし終えた騎士団長様は、器用に私の髪を編み込んでくれた。

「どうしてこんなことできるのですか」

「え？　見ていたらできるだろう」

「……見たことがあるくらいでは、普通できません。器用すぎませんか」

「そうかな？」

おそらく、騎士団長様は何でもできてしまうに違いない。

どちらかというと不器用な私は、いまだに一人で髪をまとめるのに四苦八苦しているというのに。

見る間に整えられた髪の毛は、ハーフアップにされて、どう見ても私が自分でまとめたよりも美しい。

しかも騎士団長様は、整えられた髪の毛に口づけを一つ落としてきた。

最後に結びつけられたリボンは、騎士団長様の瞳の色みたいなエメラルドグリーンだ。

「毎朝、髪を梳かしてくれるのなら、俺も毎朝こうしてリティリアのことを飾り付けようか」

「じ、自分でできますから！」

「そう？　……残念だ」

私は、ようやく収まった心臓の鼓動が再び高まってしまい、嬉しいし、恥ずかしいし、少し残念そうに笑った顔すら可愛すぎて、本当にずるいと思ったのだった。

＊＊＊

結局一週間以上スタッフたちの欠員は続き、私は朝から晩までカフェ・フローラで働き続けていた。ようやく落ち着いたのは昨日のことだ。

しばらくカフェの手伝いに通ってくれていた騎士団長様は、やつれた副団長シード様が有無を言わさず連れ去ってしまった。

あれだけ働いて前もって仕事を片付けたはずなのに、やはり騎士団長様がいないと騎士団のお仕事はスムーズに回らないらしい。

ふと、カフェ・フローラの在庫管理もバックヤードの整理整頓もそつなくこなしてしまった騎士団長様のお姿が浮かんだ。

きっと、騎士団でも様々な業務を一手に引き受けているに違いない。

改めて、多忙すぎる騎士団長様のことが心配になってしまう。

――けれど、私には気になることがもう一つあった。

「……もう、明日は夜会」

あれ以来、ギリアム様にも、私との婚約破棄のあと彼が新たに婚約したかつての友人ピエーラ・ジュリアス男爵令嬢にも会っていない。

でも明日の夜会はすべての貴族家に参加が義務づけられている。

レトリック男爵家の代表として、そして騎士団長様の婚約者として参加すれば、二人にも会うことになるのだろう。

「心配ないと、騎士団長様は言っていたけれど」

ちなみに、オーナーは貴族ではないので参加の義務はない。

その代わり、貴族が多い騎士たちの代わりに王宮の警護にあたるそうだ。

オーナーは騎士団長様に負けず劣らずいつも忙しい。

――魔力が不安定なのに心配になってしまう。

今日は騎士団長様の迎えがない。代わりに、ヴィランド伯爵家の馬車が迎えに来ていた。

「お疲れ様」

ダリアは私服に着替えて私を見送ってくれた。

先ほどまで着ていたのは、襟元のリボンと白いフリルのついたブラウス、裾が広がった水色のスカートと紺色のブレザー。

どこか遠い国にある学園の制服をモチーフにしているらしい。

巨大なステンドグラスからカラフルな光が降り注ぐ学園は、私の知っている学校とは違って別世界みたいだった。

けれどピンク色のリボンがついた私服姿のダリアは、先ほどの制服姿に負けず劣らず可愛らしい。

「それにしても、裏口とはいえ目立ってしまうよね……」

「ふふ。愛されているのね」

「か、からかわないでっ」

「そう？　どう見ても騎士団長様は、リティリアのこと……。でも、馬車を待たせてしまうのは悪いわね。あと少しだからつい寂しくて」

「ダリア……」

結婚しようと言った騎士団長様。

もちろん結婚してしまえば、今までのように働くなんてできないことは理解している。

ダリアの言うとおり、この場所で働くことができるのもあと少しだ。

「――カフェ・フローラ」

オーナーは、私のためにこの場所を用意したと言っていた。

走り出した馬車の窓から見えたのは、ピンク色の可愛らしいレンガのちょこんとした小さなお店。

その外観はあいかわらず私の好みのど真ん中だった。

そのまま走る馬車は、騎士団長様の邸宅へ向かう。

すっかり、ここが帰る場所になっている。

「おかえりなさいませ」

「ただいま帰りました」

出迎えてくれる使用人は、みんな笑顔で待っていてくれた。

夜会は不安だけれど、そこで騎士団長様の婚約者として正式にお披露目される。

そのあとは、この温かい家できっと幸せな毎日が待っている。そんな予感がした。

＊　＊　＊

翌日は朝から大騒ぎだった。

私だけではない。王都にいる貴族の令嬢や夫人は、皆同じ思いをしているに違いない。

「リティリア様はお肌がすべすべですね！」

「あ、あのっ」

高価な香油が落とされたお風呂で磨き抜かれ、そのあとは温められたオイルを全身くまなく塗り込まれた。

ぐったりしている間もなく久しぶりにコルセットを締められて、忘れかけていた苦しさを嫌でも思い出したあと、淡い紫のドレスを身にまとった。

淡い紫色のドレスは、ヒップの辺りにボリュームがあり少し大人びたデザインだ。細かな装飾の代わりに、大胆なドレープとリボンで飾り付けられている。そして、リボンには大きな宝石が飾られアクセントになっていた。

パタパタとお粉をはたかれて、塗り込まれていくお化粧品。普段も薄いピンク色の口紅くらいは塗るけれど、今日は本格的だ。

「さあ、できましたよ！」

侍女の声にぱちりと目を開けると、見違えるほど可愛らしくなった自分がいた。

本当に、ヴィランド伯爵家の侍女たちは素晴らしい腕前だ。

「…………ありがとう」

騎士団長様に早くこの姿を見せたい。それでもやっぱり恥ずかしくてモジモジしていると、しびれを切らした侍女たちが扉を開け放ってしまった。

目の前には、白い正装に紫色の飾り紐をつけた騎士団長様がいた。

──幼い頃夢中になって読んだ騎士物語の主人公みたいに完璧な騎士様が目の前にいる。

前髪を上げた姿はあまりにカッコよすぎて、可愛くなったと思っていた自分が恥ずかしくなってしまうほどだった。

「……リティリア、美しいな」

「騎士団長様こそ、物語の中から抜け出てきたみたいに眩しいです」

「はは、光栄だ。リティリアこそ、まるで絵本の中の妖精みたいだ」

妖精だなんて、騎士団長は私のことを喜ばせるのが本当に上手だ。

「本当に素敵です」

「そうか？　リティリアにそう言ってもらえると嬉しいな。しかし本当に誰にも見せずに隠しておきたい」

「大げさです」

「……そんな奥ゆかしいところもリティリアの美徳だが、本当に可愛らしいから、今夜は俺のそばを離れないで」

「……はい」

差し出される白い手袋を身につけた大きな手。

そっとのせた私の手が、まるで子どもの手みたいだ。

「今夜、リティリアのことを婚約者として公表する。だから、一つだけ守ってほしいことがある……」

それは何かしら？　次期伯爵夫人としての毅然とした態度、それとも優雅に騎士団長の婚約者として……。

真剣に考える私の唇に、掠《かす》めるように触れた唇。

きっと口紅が落ちてしまわないように配慮してくれたのだろう。

でも少しだけ物足りない。

「アーサーと」

「騎士団長様？」

「会場でも、アーサーと呼んでくれないか」

「えっ」

「……何を驚く？　リティリアは俺の婚約者だ。騎士団長ではおかしいだろう？」

そう言ってエメラルドグリーンの目を細めた騎士団長様は、はにかんだように笑い、美しい銀色の魔鉱石が輝く指輪を私の指にはめた。

「……アーサー様」

「リティリア、君を守る準備は整った。婚約者だと公表したなら、次は……」

手を引かれると、上品に輝く淡い紫のドレスが空気を含んでフワリと広がる。

私を見つめる騎士団長様は、今までに見たことがないほど幸せそうだ。

頬を染めて頷いた私も、今までで一番幸せな気持ちでいっぱいだった。


淡い紫色のドレスに、七色の光をたたえた銀色の魔石が輝く指輪。

それだけでも目を引くのに、首元にはこれでもかというほどキラキラと輝く三連の魔石のネックレスまで揺れている。

合計金額を考えてしまい、天文学的なその数字に震える私は、やはり上流貴族にはほど遠いのだろう。

いや、魔鉱石に関しては元手がかかっていないのだ。だから、大丈夫なはず……。

「……皆さん見ています。やはり、豪華すぎますよね」

「……そうだな、特に頰を染めてこちらを見ている人間の顔は、忘れずに覚えておこう」

「そんな人いませんよ。ご令嬢やご夫人ならたくさんいますが」

「は？　鬼騎士団長を見て頰を染めるような女性がいるわけないだろう」

真面目な顔をしてそんなことを言うのだから、本当に困ってしまう。

騎士団長だけが着用を許される白い騎士服。

黒髪を上げてエメラルドグリーンの瞳がハッキリと見える騎士団長様は、あまりに見目麗しい。

けれど、それに負けないほど、あるいは上回るほど輝くお方がもう一人。

「あの、オーナー……」

「君にオーナーと呼ばれるのは好きだけど、ここではシルヴァで頼むよ」

「シルヴァ様……。警備中なのでは？　なぜこちらに」

「少しだけリティリアの晴れ姿が見たいと思って。ダメだったかな？」

「ダメに決まっているだろう。シルヴァ殿、職務に戻れ」

「ヴィランド卿は、リティリアのことになると急に心が狭くなるよね」

そんな冗談を言って微笑んだオーナーは、あいかわらず空恐ろしいほどの美貌だ。

しかも、普段下ろしている髪を後ろに結んでいるから、いつもであれば前髪に隠されているその美貌がはっきりと見える。その上白い魔術師の正装に身を包んでいるものだから、輝きに目がくらみそうだ。

オーナーと騎士団長様に挟まれるようにして、ゆっくりと会場を回る。

あまりにきらびやかな二人に囲まれた私は、着飾っているとはいってもやはり地味に違いない。

「それにしても、豪華ですね……」

「そうだな。城に勤める料理人が総出で作ったのだろう。どれも見事な出来映えだ」

騎士団長様は微笑むと、お皿に料理を取り分けてくれた。

そして、それぞれを少しずつ口にする。

「……毒が盛られていることはないだろうが……。これなどはリティリアの好みなのではないか？」

ピックに刺された、白い花の形をしたオードブル。

決して派手ではないけれど細かい花びらの一つ一つはムースで作られていて、王宮の料理人の技術力の高さが感じられる。

口にするとフンワリ蕩《とろ》けて、想像通り優しい味がする。

「……っ！　最後だけピリリと辛いです！　もしかしてこれ……」

「そうだな……。妖精が蜜をとった花が入っているようだ」

「……これだけでよくわかりましたね。さすが騎士団長様です」

食べ終わってお皿に置いてしまったけれど、ピックには本当の宝石が使われているようだ。

騎士団長様が指先でピックを摑み口元に持ってくるものだから、思わずそのまま口にしてしまった。

先ほどの真っ白なオードブルとは違い、今度は淡いオレンジがかった花がモチーフになっている。

中心の黄色い花弁まで精巧に再現されている。

口にするとスモークされたお魚で、中心には食べたことのない穀物が入っている。

「……周囲が啞然とした表情で眺めているぞ」

「誰に何と思われようと構わないが……美味いものを食べたときのリティリアの幸せそうな表情を誰かに見られるのは良くないな」

その会話に私はようやく周囲からの視線がこちらに集中していることに気がついた。

――それはそうだろう。美貌の騎士団長様と魔術師団長様に囲まれているだけでも注目を浴びるのに……。

「……自分で食べられます」

「そうだな。今度屋敷に来たときに思う存分甘やかすとしよう……」

「……えっ、あの、その!?」

騎士団長様はどこか残念そうに微笑むと、私にお皿を差し出してきた。

このテーブルのオードブルは花畑がテーマなのだろう。

お皿の上は食材で作られた小さな花々がセンス良く並べられている。

「そろそろ呼び出しがかかるだろう……。リティリアを頼む」

「ああ、もちろんそのつもりだ。おそらくヴィランド卿が陛下に呼び出されたときが危険だから」

「……どうかリティリアを守ってほしい」

「任せておいて」

二人の会話に、浮かれていたことを反省する。

事件に巻き込まれてしまったら、確実に騎士団長様に迷惑をおかけする。

「でも……」

魔力が不安定な状態のオーナーにも迷惑をかけたくない。だから、できる限り自衛しなければ。

そう決意して握りこぶしを作った私の手が不意に掴まれる。

「そんな仕草一つにもひどく不安になるのは、俺が心配性すぎるせいか？」

「へ？」

「いや、その不安は正しい。誰かが巻き込まれでもしたら確実に無茶をするだろう」

「だろうな……。それに、この美しい瞳についてもすでに噂が広まってしまったようだ」

私の淡い紫色の瞳。それは妖精が愛する珍しい色合いだと、誰かが噂を広めてしまった。

そして……ふと浮かんだのは、私よりも色の濃い魔女様のアメジスト色の瞳だ。

私の瞳が妖精に好かれるというなら、もしかするともっと濃い色合いの瞳をした魔女様は……。

「……気をつけます」

「ああ、そうだな」

少し笑って私の握りこぶしに口づけを落とした騎士団長様は、ほどなく国王陛下に呼び出され、
壇上へと上がってしまった。

「……ほら、そんなに緊張しないでもっと食べなよ」

オーナーまでなぜかピックを摘まんで紫色の花の形をしたオードブルを私の口に押し込んでくる。

野菜を漬けたものなのだろうか、それは甘酸っぱくてザクッとした歯触りをしている。

ますます注目を浴びてしまった私は、オーナーと二人、会場の中心に残されたのだった。


それにしても、オーナーと一緒にいると否が応でも注目を浴びる。

だって人の領域を超えてしまったと思えるほどの美貌なのだ、オーナーは。

「警備はよろしいのですか？」

「うん、俺の部下たちは優秀だからね」

魔術師たちの姿は会場のどこにも見当たらない。魔法で気配を消しているのだろうか。

オーナーが使う魔法は、カフェ・フローラを彩る美しいものだ。

そのほかのときには、たいてい魔力のコントロールを失って子どもの姿だったり、周囲の時間を歪めてしまったりしているから、オーナーが筆頭魔術師だという実感が私にはあまりない。

「それにあまり魔法を使わないように部下たちに言われているからちょうどいい」

「シルヴァ様……」

時空魔術を使う人間は短命なことが多い。

魔力は実は有限だ。もちろん人によって、一生に使える量に違いはあるけれど……。

時空魔法の使い手は少なくて、有用すぎるその力を利用され魔力を使い切った人もいれば、大きすぎるその力に呑まれてしまった人もいるという。

「ほら、めでたい君たちの婚約をお披露目する夜に、そんな顔をしないで？」

「……シルヴァ様は、どうして戦い続けるのですか」

妖精の力を使えば、オーナーの魔力をコントロールすることも、枯渇する前に渡すこともできる。

でも、それでは根本的な解決にはならない。

魔法を使わない以外に、本当の解決法はない。

「……踊ろうか」

「え？」

「婚約を発表したら、さすがに俺と踊る機会なんてないだろう。そうだな、今まで助けたことも、助けられたこともそれですべて終わりだ」

私の答えを聞かないまま、オーナーは私の手を引いて会場の真ん中に歩み出てしまった。

国王陛下と談笑していた騎士団長様と一瞬だけ目が合う。

騎士団長様は少し口の端を歪め、一つだけうなずいた。

「ほら、ヴィランド卿のお許しも出た」

「……シルヴァ様」

力強い騎士団長様のリードと比べて、優しくどこか遠慮がちなオーナーのリード。

迷っているうちに音楽は流れ、ダンスが始まってしまう。

「今夜が最初で最後だから許して。それに、俺がリティリアを大切にしていることを安全のためにも周囲に知らしめた方がいい。魔術師の多くには、少なからず貸しがある。彼らがこれから先、君とヴィランド卿に力を貸してくれるはずだ」

「そんなこと……」

まるでお別れのような言葉、何を考えているか読みにくい神秘的な微笑。

美しい紺色の髪が揺れ、私を見つめる金の瞳はまるで夜空の流れ星のようだ。

「夜を楽しもう」

「……わかりました」

会場の注目は、もう浴びてしまった。

それなら、楽しく踊る方がいいのだろう。

ずっとお世話になってきた兄のようなオーナーは、微笑みを浮かべたまま私を見下ろしている。

一曲踊ると、オーナーは手を引いて、国王陛下との会話を終えた騎士団長様に私を引き渡した。

「そろそろ休憩時間は終わりだ。楽しかったよ、リティリア」

「私も楽しかったです」

パチリと片目をつぶりウインクしたオーナーは、いつもどおりだ。

去っていくその背中を見送る。

「さあ、リティリア。もちろん俺とも踊ってくれるのだろう？」

「アーサー様？」

引き寄せられた腕の力は強く、私たちの距離はこの上なく近い。

オーナーはとても素敵だけれど、一緒にいてこんなに頬が上気してしまうのは騎士団長様だけだ。

「……俺は心が狭いんだ。ファーストダンスは譲ったのだから、俺の唯一の女性だと知らしめるためにも二曲は踊ってもらう」

「えっ」

エメラルドグリーンの目は弧を描いているけれど、何だかメラメラと燃えているようだ。

そのまま、どこか情熱的で距離の近い私たちのダンスは、やはり会場中の視線を集めてしまったのだった。


踊り終わったとき、会場がざわめいた。

私の目の前には王弟殿下がいる。

王弟殿下から信じられない言葉が飛び出した瞬間、騎士たちに囲まれた。

「魔女を拘束しろ」

制服からして王族の直属部隊なのだろう。

事態を把握した騎士団長様は私の手を引き背後にかばってくださった。

「――殿下、どういうことでしょうか」

「……どう考えても、普段女性などに興味がない騎士団長と魔術師団長二人に囲まれるなどおかしいだろう。この魔女は王が信頼する要人をそそのかして国家転覆を企んでいるという情報はすでに摑んでいる」

会場の端には、かつての婚約者ギリアム・ウィアー子爵令息、そしてピエーラ・ジュリアス男爵令嬢の姿が見える。

「そこの令息と令嬢もリティリア・レトリック男爵令嬢は魔女であると証言している」

「……魔女、ですか？」

会場に、低く冷たい騎士団長様の言葉が響き渡る。

私が知っている魔女は、いつもカフェ・フローラに不思議な食材を提供してくださる森の魔女様だけだ。

確かに魔女は異質な存在であり、人を幸せにするとは限らない。もちろん悪い魔女もいて国がひどく荒れたこともあり、彼女たちに良くない感情を持っている国民も一定数いる。

けれど人々の生活は、不思議な素材や魔法薬を提供してくれる魔女の存在なしには成り立たない。

――しかも私の魔力は魔女と言うにはあまりにも貧弱だ。

「リティリアが、魔女であると？」

「その紫色の瞳が証拠だ。城の文献に描かれている魔女は、誰もが紫色の瞳をしているのだから」

確かに森の魔女様の瞳も美しく濃い紫色だ。

「捕らえよ」

「――――はあ。仮にそうだとしても魔女すべてが邪悪なわけではなかろうに……。では、こちらも」

エメラルドグリーンの瞳を一瞬だけ閉じた騎士団長様が、パチンと指を鳴らす。

途端に、白い紙が吹雪のように会場中を舞った。

「な……」

「身内の貴族を使ってレトリック男爵領の魔鉱石を奪い、隣国に横流ししようとしている時点で国家転覆を謀っているのは王弟殿下ご自身なのでは？　証拠はこの通り揃っております。さすがに隣国とまで内通されては……罪は免れないでしょう」

その中の一枚が、私の手に舞い落ちる。

そこには、王弟殿下がレトリック男爵領への支援金を着服した証拠が記されていた。

そして、男爵領が潰れたあと魔鉱石の採掘権を手に入れるための方法も。そういえば、婚約破棄された私にかつて婚約の申し込みをしてきたのは、王弟殿下の息がかかった高位貴族ばかりだった。

「――――アーサー様」

「ふむ、こちらにはギリアム・ウィアーのことも書かれているな。……レトリック男爵領の災害の一部はやはり人為的なものだった。しかし、災害を起こせるほどの力を人が持つはずもない。もしかすると、そこのピエーラ・ジュリアス男爵令嬢こそ邪悪な魔女なのではないか？」

「……まさか」

会場中の貴族たちが、紙を拾い上げて食い入るように見ている。

ばらまかれた紙すべてが証拠だとでもいうのだろうか……。

「これで、終わりだな」

膝をついた王弟殿下を冷たく見下ろし、騎士団長様はそのまま国王陛下が座る壇上へと上がった。

なぜか、私の手を引いて。

「陛下、血が繋がっていないとはいえ、我が継母《はは》ヴィランド前伯爵夫人も加担していたようです。いかようにも処分を。――騎士団長の職を解いて領地に隠遁させるなどいかがでしょうか」

「……ふふ。王国の淀みを片付けておいて、何を言う。恨みも買ったことだろう。身を守るためにも、騎士団長の職位はこれからも必要なのではないか？」

「ふふふ……」

「ははは……。悪いが、私と王国の剣であるお前を手放す気はない。さあ、代わりに若い二人の婚約を祝ってやろう」

「ありがたき幸せ」

二人でお辞儀をしながら思う。

騎士団長様は、明らかに騎士をやめて領地でのんびりしたかったのだと。

頭を下げていると、なぜか陛下が壇上から下りてきて私の肩にポンッと手を置いて耳元でささやいた。

「……私は、万が一君が魔女になったとしても一向に構わない。魔女に偏見はないからな……」

「……え？」

陛下のささやきにはいたずらっぽい響きが含まれていた。

壇上に戻った陛下が鷹揚に告げる。

「騎士団長アーサー・ヴィランドよ。リティリア・レトリックとの婚約を国王の名の下に認めよう。二人ともこれからも国のために尽くせ」

「は、ありがたき幸せ」

「ありがとうございます」

――色々あったけれど、こうして私たち二人の婚約は公式に認められたのだった。

＊　＊　＊

「あれだけの証拠、どうやって集めたのですか？」

会場を出ても離されない手を幸せに思いながら、私は身長差のある騎士団長様を見上げた。

見下ろしてくるエメラルドグリーンの瞳はあいかわらず美しくて、ドキリとしてしまう。

何度見ても騎士団長様はカッコよすぎて、見慣れることができない。

「……俺たち三人の手にかかれば、容易だろう」

「三人の……」

もちろん、二人はすぐに思い当たる。

騎士団長様とオーナーだ。けれど、もう一人は……。

「君の弟、エルディスだ」

「エルディスが？　えっ、もしかして危険なことをしたのでは……？」

「はは、義弟《おとうと》を危険な目になどあわせるはずないだろう。護衛をつけた」

「義弟……」

そんな言葉の一つ一つに頬を赤らめている自覚がある私は、たぶんどうかしてしまったのだろう。

「それに彼を傷つけられる人間は、この王国でもそれほどいない」

「エルディスは、そこまで強いのですか？」

私が知っているのは、私の後ろを泣きながらついてくる幼い姿だけだ。

魔力が強く、妖精たちとも意思疎通できる弟は、普通に考えてとても強いのかもしれない。

いつの間にか背も伸びて私のことを見下ろすようになったし……。

「そうですね。きっと、大人になってしまったのですね」

私ばかりが大人になりきれずに取り残されている気がした。

三人に助けられるばかりの私に、できることはあるのだろうか。

「リティリア」

「アーサー様」

「少なくとも、俺はリティリアに助けられている」

見上げると、今日も少しだけ眉根を寄せた騎士団長様がぎこちなく微笑んでいる。

思わず私は背伸びをして、そっと眉間のしわに触れる。

今度こそ騎士団長様のエメラルドグリーンの瞳が弧を描く。

心臓がドクンッとする。……胸が苦しくなるほどその笑顔が好きだ。

「俺を暗闇からすくい上げてくれる人は、君だけだから」

もともと小動物みたいにまん丸な私の瞳は、きっといつも以上に丸くなっているに違いない。

だって私の知っている騎士団長様は、いつも光り輝く場所に立っている。

だから彼が暗闇にいるなんて、想像もできない。

「帰り着いた家で君が笑顔で待っていてくれると思えば、なんだってできそうだ」

「……何もしていないのに」

「君に助けられている人は、数限りなくいるだろう……。領地の危機のとき、遠目に見た君はいつだって人のために精一杯頑張っていたから」

「えっ？」

そういえば、騎士団長様は領地に赴任したときから私のことを知っていたと言っていた。

あのときは、何もできないのが嫌で、ただできる範囲のことをしていたに過ぎないのに。

「でも本当は屋敷で何もせず、俺が君のために与えるすべてをただ享受して待っていてほしいのだが……」

ふと浮かぶ、たくさんのドレスやアクセサリー、きらびやかで色とりどりの料理。

騎士団長様の贈り物は、きっと私には過ぎたものだ。

「ふふ。手加減してください。——ただ」

「ただ？」

「騎士団長様の隣に立つために、ふさわしいものが欲しいです」

「……俺の隣に？　それならば、何一つなくても問題ないが……。そうだな、最高の品物を贈ろう」

「それはお揃いですか？」

「……はぁ、可愛すぎるだろう」

騎士団長様の贈り物なんて、それだけで嬉しいけれど、もしもお揃いのものを一緒に身につけられたなら、信じられないくらい幸せな気分になるに違いない。

なぜかため息をついた騎士団長様の少し冷たい大きな手が、私の熱を帯びた手をそっと包み込む。

「君が望むなら、何だって」

「ふふ、大げさです」

「それはどうかな」

けれど、私はこのとき認識していなかったのだ。

王国の英雄である騎士団長様の財力も、私から許しを得てしまった騎士団長様の本気も。

＊　＊　＊

「リティリアが望んだとおり、お揃いだ」

「えっ……」

すっかり騎士団長様のお屋敷に住み着いてしまった私。

朝早くから仕事だという騎士団長様に合わせて、眠い目をこすりながら朝食の席に着く。

そんな言葉とともに私の目の前に差し出されたのは、大きなリボンが結ばれた小さな箱だった。

促されて開けてみると、そこにはエメラルドグリーンの小さな宝石が輝く、日常使いできそうな髪飾りが入っていた。

「えっと……」

チラリと見てみるけれど、騎士団長様がなにかを身につけている様子はない。お揃いではないと思いながらも、その可愛らしい贈り物をそっと髪につける。

「ありがとうございます」

「ああ」

「……あっ、もしかして瞳の色」

「正解」

それは少し意味が違います、と思わなくもなかったけれど、騎士団長様の可愛い贈り物が嬉しくて思わず笑顔になる。

「ありがとうございます！」

「その笑顔が見られただけで、贈った甲斐がある」

そのあと手早く食事をして、騎士団長様は出かけていった。

玄関でその広い背中を見送りながら、いつの間に用意したのだろう、と首をかしげる。

ずっと一緒にいたのだから、前々から用意してくれていたのだろう。

そのときはそれで片付けた。

部屋に戻った私は、鏡の前で小さな髪飾りをいろいろな角度から何度も眺めた。

キラキラ輝くそれは、高級な石が使われているに違いない。

けれどその小ささから考えて、ものすごく高いというわけでもないだろう。

お揃いの品物をお願いしたのはいいけれど、騎士団長様の隣に立つのにふさわしい装いはとても豪華で高価なものばかりなのではないかと密かに不安に思っていた私は、ほっと息をついた。


――――問題だったのは、そこから先だ。

私は昼食を軽くすませて、騎士団長様の部屋の隣に用意してもらった部屋へと戻る。

そして開ききらない扉を不思議に思いながら部屋の中に入り呆然とした。

「…………」

そこには、扉が開かないほどたくさんの贈り物の山があった。

「…………」

一度扉を閉めてみる。贈り物の山が崩れる音がする。

騎士団長様のお屋敷はとても部屋数が多いから、間違った部屋に入ってしまったのだろうと廊下の左右を確認する。

けれど部屋を間違えたわけではないようだ。

それでは見間違いだったのではないかと、期待を込めてそろそろと扉を開けてみる。

「…………」

部屋を覗き込むのがやっとだ。扉を全部開けることができない。

――ああ、つまり見間違いなどではなかったのね。

そんなことを思いながら、私は扉の隙間から改めて部屋の中に入る。

扉が開かないほどたくさん積み上げられた贈り物の山がそこにはあった。

「ひぇ……」

――たぶん贈り物なのだろう。でも、ここまでたくさんだなんて、いったい誰が予想できただろう。

「騎士団長様が帰ってくるのを待とう……」

ベッドの上には今日も、もりのクマさんぬいぐるみが置かれている。

騎士団長様が私にくれた初めての贈り物だ。

あのときには、こんなに大きなぬいぐるみをもらうなんてもらいすぎだと思ったけれど……。

「クマのぬいぐるみなんて、子どもへのお土産みたいな感覚だったに違いないわ……」

私はそっとクマのぬいぐるみを抱きしめて、ベッドに倒れ込んだ。

そのまま、フワフワした極上の肌触りのクマのぬいぐるみに誘われるように、つい夕方近くまでお昼寝をしてしまったのだった。


眠ってしまった私の頬にためらいがちに触れるのは無骨な指先。そして、いつもより少し冷え冷えとした鋭い声。

「眠っているリティリアに何の用だ？」

薄く目を開ければ、私の周りで、王都では珍しい妖精がひらひら飛び回っている。

少し開いていた窓から入り込んできたのだろうか。

「妖精は、ときに愛する者に力を貸し、ときに愛する者の魔力を根こそぎ奪う……。そうだな、リティリアにとって良い存在であれば、そばを飛び回るがいい」

妖精は人の言葉に返答しない。通常であれば……。

『……っ!!』

「ん？」

寝起きの目元をゴシゴシこすりながら起き上がった私の視線の先には、騎士団長様の頭の上で怒ったように飛び回る妖精。

キラキラとこぼれ落ちる金色の粉は、惚れ薬や空を飛ぶための薬の原料になる。

魔女様が見たら夢中になって魔法の小瓶に詰めるに違いない。

その粉が騎士団長様の頭に降りかかり、しばらくすると淡雪のように消えていく。

「……なぜか妖精が怒っている気がするのは気のせい？　その割に仲がよさそうにも見えるし」

騎士団長様が魔力を与えようとしては弾かれている。

――騎士団長様の美しい銀色の魔力。

私だったら、自分の紫色の魔力よりもよほど欲しいけれど、妖精にとっては違うようだ。

「ん、起きたのか」

「アーサー様……」

抱きしめたままだったクマのぬいぐるみが、騎士団長様に取り上げられて脇に置かれる。

「はぁ。クマのぬいぐるみにすら嫉妬するなんて重症だ」

「……騎士団長様も冗談を言うことがあるのですね」

「……残念ながら本気だ」

「……え？」

横目で見れば、夢だったのではないかと思っていた贈り物の山は、まだそこにある。

妖精が騎士団長様の頭から離れて、興味深そうに大きな箱の上で羽を休めた。

「開けていなかったのか」

そこで肩を落とされても困ります。

……騎士団長様は、限度というものを知らないのですか？

少しだけそんなことを言いたくなってしまう。

「……こんなにたくさん、困ります」

「え？　控えめにしたのだが」

「……はぁ」

貧乏男爵家に生まれた私と、王国の剣であり裕福なヴィランド伯爵家の令息でもある騎士団長様とでは、金銭感覚にずれがあるのだろうか。

「そんなはずない。……幼い頃から戦場で苦労していたはずだもの」

「リティリア……。気に入らなかったのか」

「そ、そんなわけでは」

「そうだな。金とは貯まるばかりで、使い道のないものだと思っていた。贈る相手ができて、つい羽目を外してしまったのかもな」

シュンとしてしまった騎士団長様は、雨に濡れた子犬みたいだ。

困ったな、と思いながらも私はそんな姿にめっぽう弱い。

「……今回は受け取ります。でも、これからはこんなにたくさん贈らないでください。もったいないです」

「……そうだな。これからは、リティリアがこの屋敷のすべてを管理するんだ。ちゃんと相談しよう」

「……ん？」

「それはそうだろう。屋敷内の管理はリティリアの仕事だ」

ニッコリと笑う騎士団長様は、眩しいことこの上ない。

夫人の仕事は、確かに屋敷内の管理だろう。けれど、管理する金額を想像するだけで恐ろしくなる。

「一つでも良いから開けてくれないか？」

「はい。……あの」

「なんだ、リティリア？」

「……ありがとうございます。お礼が遅くなってしまってごめんなさい」

「ああ。喜んでもらえるといいのだが」

妖精がまとわりついていた箱の中身は、もりのクマさんの新キャラクター。

大きなリボンがついた女の子のクマさんだった。

「……わぁ、新しいクマさんだっ!!」

私は思わずそのクマを抱きしめる。

妖精も気に入ったのか、嬉しそうにその頭の上にとまる。

――もしかして、箱の数は多いけれど、こんな可愛らしいプレゼントばかりなのかしら。

そんな期待をしつつ持ち上げた小さな箱は、その大きさに見合わず妙に重い。

嫌な予感を抱きながら開ければ、拳ほどの大きさの淡い紫色の宝石とエメラルドグリーンの宝石が一つずつ、どこか無造作に入っていた。

「……これは」

「うん、お揃いがいいと言っていただろう?」

「……確かに言いましたが」

残りの箱を開ける元気はない。

開けるのは取りあえず、お揃いというものを騎士団長様に理解してもらってからだと私は心に決めた。

二つの宝石は、あの日もらった銀色の薔薇が入っている宝箱に大切にしまい込む。

「このあとのご予定は？」

「いや、仕事は終えてきたが……」

「出かけましょう！」

「ん？」

贈り物の山を残して、騎士団長様の手を引く。

お揃いとは何かを知ってもらうために。


「それにしても、早々にあれを開けるとは。森の魔女殿の言うとおりになったな……」

「アーサー様？」

私に手を引かれながら、少しだけ眉間にしわが寄っている騎士団長様。

小さな呟きはよく聞こえず、プレゼントを贈ってくれたときは嬉しそうだった顔も、今はもの憂げだ。

「……あの宝石に何か」

「……そうだな」

少しだけ微笑んだ騎士団長様。

やはりその瞳は不安げに揺れている気がする。

いくら騎士団長様からの贈り物だとしても、確かにあの宝石は大きすぎたように思う。

アクセサリーにも使えない宝石なんて……。

「あれは、重くても手元に持っておくように」

「……わかりました」

やはり何かあるのだろう。無理に笑っているように見えるもの。

「さあ、お揃いについて教えてくれると言ったな？」

「えっ、は、はい……」

「楽しみにしている」

「えっ、あの……」

お揃いについてわかってもらおうと意気込んだけれど、実際のところ誰かとお揃いでなにかを持ったことなんてない私。

とても残念だけれど、店員さん任せになりそうではある。

お揃いといえば、いつもオーナーはカフェ・フローラの制服をそれぞれのスタッフに合わせてデザインを変えていた。

それをイメージすればいいのだろうか。

「……何を考えている？」

「えっ、あの……」

「二人きりのときに、ほかの誰かのことを考えるなんて……」

「えっ、えっと」

向かいの席で頬に手を当てた騎士団長様の流し目に、私の心臓は止まりかける。

——結婚したなら、毎日このご尊顔を眺めることになるのだ。

慣れなくては……。

気合いを入れて見つめていたら、小さな吐息とともに騎士団長様の顔が近づいてきて、頬に口づけされる。

「……心の準備というものが」

「リティリアが可愛いのがいけない」

「えぇ」

「ところで、妖精がついてきてしまったようだな」

「……そうですね」

――少しだけ、嫌な予感がする。

妖精が離れてくれないときは、大抵私の周りでなにか事件が起こる。

「……そんな顔をしないでくれないか」

「すみません」

「何があろうと、守るから」

「……無茶しないでくださいね」

「ああ」

約束しかねる、という声が重なって聞こえてきたのは、気のせいだと思いたい。

でも心の中が読めるなら、絶対に騎士団長様は今……。

「案外早く使うことになるのかもしれないな」

「……騎士団長様」

「ちなみに、俺のセンスを疑うような顔をしていたが、あれは必要があって贈ったんだ」

「えっ、それならそうと」

「本当のことを言ったら、こうしてデートに誘ってはくれなかっただろう？」

「デートしたかったということですか？」

「当たり前だろう」

確かに、今まで贈ってくれたものはどれもとても素敵だった。

軽い羞恥心とともに緩む唇を隠したくて、ほんの少し私が頬を膨らませてしまったのは言うまでもない。


——街ゆく人は誰も彼も幸せそうだ。

この平和は騎士団長様ががんばって守っているのだと、自分のことみたいに誇らしくなる。

けれど、騎士団長様に手を引かれて入ったお店はあまりに高級そうで、思わず私は尻込みしそうになった。

「初めからこうすればよかった」

「えっと……」

「リティリアはお揃いがいいのだろう？　今度の夜会のドレスと髪飾りをオーダーしよう。それから、結婚式のドレスだな」

楽しそうな騎士団長様。

お揃いについて騎士団長様に説明しようなんて、おこがましかった。

――そうよね、苦労したとはいっても伯爵家の生まれで、この国の上層部にいらっしゃる方だもの……。

けれどそんなことを考えていられたのも、最初のうちだった。

全身くまなく採寸され、分厚いカタログを隅から隅まで確認させられ、店を出たときには疲労困憊していた。

「良い店だな。今度は屋敷に呼ぼう」

「……あの」

「それにしても楽しみだな？」

「は、はい……」

そして、最後に来たのはカフェ・フローラだった。

「定休日は明日のはず……」

「明かりが消えているな」

扉に触れると、まるで私たちを待っていたかのように勢いよく開く。

扉の中は、テーブルと椅子しかない空間だった。

「オーナーに何かあったのでしょうか」

「決めつけるのは早い。だが、シルヴァ殿が駆り出されるような魔獣の情報も入っていない」

——知らず知らずのうちに震える指先。

恋とか愛とかとは違うとはいえ、オーナーは私にとって兄であり、家族そのものだ。

「リティリア、すまないが一人で屋敷に戻ってくれ。俺が動いた方が早い」

「は、はい……」

指先をキュッと握られて、顔を上げる。

少し眉根を寄せながらも、騎士団長様は冷静だ。

「ただ、シルヴァ殿が何かに巻き込まれたのだとすると、リティリアも関係があるかもしれない。屋敷の外には出ないでくれ」

「わかりました」

こんなとき、何もできない私は本当に無力だ。

そのとき、目の前にキラキラと金色の光が舞い散る。

「妖精……！」

「そうだな。魔力の香りを嗅ぎつけたのだろう」

そう、私の周りから妖精が離れないときには、いつも事件が起こる。

——妖精たちは魔力だけでなく事件が好きなのかもしれない。

手を引かれている私の額に口づけが落ちてきた。

オーナーも心配だけれど、騎士団長様はいつも自分を二の次にして無茶をするから、不安で仕方がない。

「……無事に帰ってくる。シルヴァ殿を連れて」

「約束ですよ」

「ああ、約束しよう。それと何かあったときには、あの宝石を手にするように」

「それは……」

「……行ってくる」

それだけ告げると背を向け去っていってしまった騎士団長様を見送る。

――私の瞳の色と騎士団長様の瞳の色をした大きな宝石は美しいけれど……。

そのとき、まだ私の周りを飛び回っていた妖精が、私の瞳の色をした宝石に舞い降りた。

「えっ、なに、この光⁉」

私を取り囲んだのは、鮮烈な紫色の光だ。

私に危険なんて迫っているはずない、そう思っていたのに。

――やっぱり妖精は事件を引き寄せるようだ。

騎士団長様の言葉を思い出した私は慌てて二つの宝石を両手に握りしめる。

あまりの眩しさにつぶってしまっていた目を開けば、私は久しぶりに訪れる赤い屋根の小さな家の前にいた。

五皿目

星降る夜のカフェ

Bitter knight & The sweet cafe

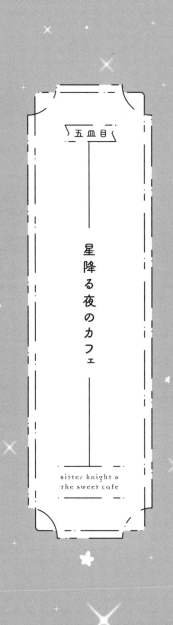

「よく来たわね？」

「……魔女様、お久しぶりです」

「せっかく来たから、願いを一つ叶えてあげるわ。もちろん対価はもらうけど」

「……それは」

クルリと私に背中を向けてしまった魔女様。

魔女様との取引には、それ相応の対価が必要だ。

けれど必ずその願いは叶う。どんな結末を迎えるとしても。

私は慌てて魔女様を追いかけた。

魔女様が提案されたなら、必ず何かを選ばなくてはならない。

――そのとき、人はもう戻ることができない運命の分かれ道にいるのだから。

事実、赤い屋根の小さな家から感じるのは、私の大切な人の魔力だ。

魔力を感じる力がそれほど強くない私にもわかるほど強大な魔力が渦巻いている。

――それが意味するのは。

「願いを叶えてください！」

「……まだ、取引内容を提示していないわ」

「でも、恩を返さないと私は……」

そう、きっと私が今この場にいるのは返しきれない恩を返すためだ。

騎士団長様との幸せな未来と、大きすぎる恩を秤《てんびん》にかける。

まぶたの裏に浮かぶのは、私のために用意されたピンク色のレンガが可愛らしいカフェ・フローラだ。

「そう。まあ、予想はしていたけれど、ヴィランド卿のことはいいの？」

「……アーサー様のこと、誰よりも大好きで、愛しています。でも、恩知らずになってしまったら、もう正面から向き合うことができないから」

「……そうね。あなたはそんな子だわ。でも対価を払うのはあなたじゃない」

「――――は？」

魔女様は私に歩み寄ると、フワフワした髪を数本摑んで引き抜いた。

プチプチッという音と軽い痛みとともに、魔女様の細い指先に私の髪が絡みつく。

「さ、こっちへ来なさい」

「はい」

赤い屋根の家。乾いた薬草の香りに満たされたいつものテーブルを通り抜け、入ったことがない部屋に案内される。

「拾ったんだけど、寝場所を占領されて困っているの。何とかしてくれる？」

「……オーナー！」

白いシーツがかけられたベッドに横たわっているのは、夜空のような紺色の髪と、今は隠れているが金の瞳をした人だ。

「さ、その宝石をこちらに貸して」

「……」

なぜなのだろう、騎士団長様が『リティリアの望むように』とつぶやいて魔女様の前で笑った場面を見た気がした。

「……」

「さあ、どうしたの？」

「……この宝石を騎士団長様に渡したのは、魔女様ですか？」

「あら、気がついてしまったの？　でも、もう対価はいただいているの」

「……騎士団長様が、差し出したものは？」

魔女様に宝石を渡そうと伸ばしかけた腕を、それ以上伸ばすことはできなかった。

私が魔女様のもとで選択を迫られたら何を選ぶかなんて、きっと騎士団長様にはお見通しだったのだろう。

「知ってどうするの？」

「お願いします！　教えてください！」

「……素材をお願いしただけよ」

「……」

実際に魔女様が求める対価は、物そのものではないとオーナーに聞いたことがある。

魔女が求めるのは、物を手に入れるために失う何かだ。

では、素材を頼んだその結末に起きるのは……。

「……私」

「さあ、早く決めなさい」

そのとき、強い風が吹いた。魔法で作られた、空気の流れを感じられないこの場所に。

「……当事者の意見も聞かずに、勝手なことをする」

こちらを見つめるその瞳は、まるで砂漠の太陽みたいにギラギラと金色に輝いていた。

「オーナー……」

「本当に困った人たちだね、君とヴィランド卿は。それから魔女様、助けていただき感謝していますが、二人を巻き込むことは望んでいません」

「あら……」

それだけ告げると、何もかも知っているかのように、オーナーの目はまっすぐに私を見つめたまま弧を描いたのだった。

私は思わずオーナーに駆け寄った。

「オーナー！　大丈夫ですか？」

「もちろん、問題ないとも」

質問を間違えた。

オーナーが、私を前に自分の不調を口にするはずがない。

その証拠に、オーナーは青ざめた顔をしたまま、それを隠すように微笑んだ。

「……あの、私」

「リティリアには、もっと自分を大切にしてほしい」

ポンポンッとのせられた手は大きくて、この手がとても頼りになることを私は知っている。

「……それから、ヴィランド卿にも」

バサリ、と音がして顔を上げる。

魔法の力で王立魔術師団の制服に着替えたオーナーは、すでに私に背を向けていた。

「オーナー！」

「君たちは他者の領域に安易に侵入しすぎだ。そうは思わないか？　こんなにも簡単に魔女様の甘言に惑わされてはいけない」

「……」

金色の瞳がこちらを振り返ることはない。

それは明確な拒絶のようにも思える。

「あの日、君に助けられなければ、俺はこの場所にいない。そのあとも幾度となく助けられたな」

「……それは」

――始まりはそうだったかもしれない。

けれどオーナーは、そのあと何度も私を助けてくれた。

「――これは俺の運命だ」

振り返ったオーナーは、そんな言葉とは裏腹に鮮やかな微笑みを見せる。

そして、私の前から消えてしまった。

「……オーナー」

「あらあら。ヴィランド卿に合流してしまうのね。素材さえ手に入れば、それはそれで私は構わないけれど。でも、それだと私の方が手に入った物への対価を払えないわね」

困ったように頬に手を当ててつぶやいた魔女様。

「……魔女様は、オーナーを助ける方法をご存じなのですよね？」

「そうよ。でも、運命をねじ曲げるのは大変なの。ただでさえ、シルヴァはもうここにはいないはずの人間なのだから」

「……」

「シルヴァを取り巻く運命のねじれは、あなたが中心になっているのよ？」

魔女様の言っていることは、よくわからない。

けれど、もしも私と出会ったことで、オーナーの運命が変わったのだというなら……。

「まだ運命は変えられるということですか？」

「そうよ。ただし、対価は必要だわ」

「それは何ですか？」

「妖精に愛される、その力」

その言葉を魔女様が発した途端、妖精たちが群がるように目の前に現れて私を取り囲んだ。

「きゃ!?」

「あら、一匹紛れ込んでいるな、とは思っていたけれど、こんなにたくさん仲間を呼び寄せるなんて」

体が急に浮き上がり、急速に奪われる私の魔力。

「……えっ、何が起こっているの!?」

「はあ……。私には、いってらっしゃい、としか言えないわ」

「ま、魔女様!?」

「これでも、あなたのことは気に入っているの。無事に戻ってきなさい」

その紫の目をなぜか愉快そうに細めた魔女様が、小さく手を振る。

その直後、妖精の住む森に入り込んだときのように、周囲が雲の中にいるような景色に様変わりする。

「……妖精に本当に愛されているのね。残念」

魔女様の小さなつぶやきが聞こえたような気がした。

＊　＊　＊

「……ここは」

ヒラリヒラリと私の周囲を飛び回る妖精が、金の粉を振りまく。

その数がとても多いから、まるで流星群の中に飛び込んでしまったみたいだ。

「――――騎士団長様、オーナー」

妖精たちは興奮したように飛び回っている。

もしかしたら、妖精に愛される力を差し出そうとした私に怒っているのだろうか。

「ごめんね……。でも、本当に大切で」

騎士団長様のことは大好きで、オーナーはカフェ・フローラという居場所を私にくれた恩人だから。

「お願い。力を……貸してくれないかな」

瞳を閉じて、祈るように胸の前で手を組んだ。

私の魔力量はそれほど多くない。

それでも私が差し出した魔力に、妖精たちは強く光りながら群がった。

ぐにゃりと足元が歪んだような気がして、思わず膝をつきかけたとき、誰かが腕を掴んで支えてくれる。

顔を上げると、そこには私と同じ紫色の光をその瞳に宿した弟が立っていた。

「姉さんはどうして誰かに助けを求めないんだろうね？」

「――――っ、エルディス！　どうしてここに」

「……妖精が教えてくれたから」

そう、エルディスは私と違って妖精の声を聞くことができる。

呆然と見上げると、エルディスは私と一緒に妖精にその魔力を差し出してくれる。

「えっと、どこに行くの？」

「――どこに行くかもわからないでこんな状態に陥っているの？」

エルディスのため息は幼い頃から聞き慣れている。

けれど、いつの間にか大きくなってしまったその手が私の小さな手を覆い隠してしまうから、時の流れを嫌でも感じざるを得ない。

ほどなく、雲の切れ間から強い魔力が吹き込んできた。

「姉さん！」

「……っエルディス！」

強い力に引き裂かれるように弟の手は離れてしまい、私の少々低めの鼻が何か固いものにぶつかった。

「いたた……」

「――は？」

低い声が、あまりに意外なものを見てしまったかのように短く発せられた。

そしてその直後、バサリと温かくて大きな布に包まれる。

もちろん、頬は固いものに当たったままだ。

この香りを私は知っている。

困ったことに、今の私は騎士団長様のことをきっと目だけでなく、五感のすべてで知っていて……。

ううん、ただ触れるのだけは慣れていない。こんな状況なのに、苦しいほど胸が高鳴ってしまう。

「なぜ、ここに？」

見上げると、明らかに困惑した表情を浮かべた騎士団長様が私を見下ろしていた。

「……騎士団長様こそ、どうして話してくれなかったんですか？」

「……リティリア」

「騎士団長様が、あんなふうに笑って対価を払ったことで願いが叶ったって私は……」

もう一度グッと引き寄せられたかと思うと、軽い口づけが落ちてくる。

浮遊感を覚えた次の瞬間には、私はもう抱き上げられていた。

「ここに置いていく方が危険だな……。一緒に行くとしよう」

それは動揺を無理に押し隠したような低い声だ。

「あの、エルディスと途中で合流したんです……。でも、気がついたら一人になっていたんです」

「そうか。エルディスは君と同じで妖精に愛されている……。おそらく大丈夫だ」

「そう、でしょうか……」

一匹の妖精が、私たちを先導するように飛び始める。

チラリと騎士団長様が妖精に視線を向けた気配を感じる。

私をなぜか下ろしてくれないまま、騎士団長様は歩き始める。

「あの、歩けますよ？」

「この方が、間違いなく速い」

風を切って歩く騎士団長様は、本当に足が速い。

人を一人抱えているなんて思えないスピードに、私は結局それが一番速いのだと納得して、その首に腕を絡めてしがみついたのだった。

――かつて、魔鉱石は世界中にあふれていたという。

しかし貴重な魔鉱石は人に掘り尽くされ、今では特定の場所で特定の能力を持った者しか採掘できなくなりつつある。

私の淡い紫の瞳。妖精たちが愛するらしい魔力。それはその能力の一つだ。

「これは、魔鉱石の採掘場跡か」

たくさん転がっているのはただの石ころに見えるけれど、知識のある人が見れば一目でわかるだろう。

この石ころは抜け殻になった魔鉱石だと。

「……こんなにたくさんあったのに、どうして抜け殻になってしまったのでしょうか？」

「そうだな……。原因はいくつか考えられるが」

抱き上げられたまま、荒れ果ててしまった採掘場を見つめる。

「リティリア、君をあの場所に置いてくるべきだったかもしれないな」

「アーサー様、それはいったい」

そのとき、今まで見たことがないほど興奮した妖精たちが群れをなしてこちらに飛んでくるのが見えた。

「……一匹でも傷つけてしまえば、その人間を妖精たちは永遠に許さない」

「……そんな」

「つまり、逃げるしかないか」

エルディスがいれば別だろうけれど、私は妖精たちと会話をすることができない。

私の魔力を愛する妖精たちを今は逆に興奮させるばかりのようだ。

私を抱え上げ直して、走り出した騎士団長様。

本当に今日は、なんてめまぐるしい一日なのだろう。

「えっと、走れます!!」

「この方が間違いなく速い。それよりあの宝石は持っているか？」

あの宝石とは、例のこぶし大の宝石に違いない。

「はい」

「紫色の宝石を妖精に向かって投げてくれ。くれぐれも傷つけないようにな」

「わかりました！」

ポシェットをまさぐって取り出した宝石は、運良く紫色だった。

——少しもったいないけれど……。

宝石としても価値が高いだろうそれを、思い切って妖精たちの方に投げる。

途端に妖精たちはそれに群がって、あっという間に距離をとることができた。

「あれはいったい」

「あの宝石には魔女殿の魔力が込められている。言うなれば、人工の魔石だ」

「そんなことができるのですか？」

「……そうだな。魔女殿であれば可能なのだろう。事実、存在するのだから」

この宝石を得るために、騎士団長様は対価を魔女様に払おうとした。

それは間違いないだろう。

「それに、魔女殿の魔力は強大だが、リティリアの魔力とよく似ている」

「え……？」

「あそこに入ろう」

――偶然見つけた洞穴。

妖精が入ってこられないように、騎士団長様がその入り口に厳重に魔法をかけてくれる。

何も手伝うことができないことに少しのいらだちを感じながら、思わず疑問を口にしてしまう。

「なぜですか」

「……なんのことだ？」

作業を終えた騎士団長様が振り返る。

孤独も悲しみも感じているとしても、騎士団長様なら何でも手に入れられるのに。

それなのに私のためにすべてを投げ打ってしまいそうな危うさを見せるから、いなくなってしまうのではないかと不安になってしまう。

今、ここには私たち二人しかいない。

薄暗いこの場所では、誰にも遠慮はいらないはずだから。

「この宝石を手に入れるため、何を差し出したのですか？」

ギュッと握りしめた宝石はエメラルドグリーンをしている。

「……宝石を手に入れるためじゃない」

「……え？」

薄暗がりの中、そっと落ちてきた口づけはまるで許しを請うみたいだと、なぜか思った。

唇が離れても、私たちは向かい合ったままだった。

「アーサー様……」

「……笑って」

「え？　あの……」

笑っているような状況じゃないと思うのに……。

けれど、妖精たちは騎士団長様が作り上げた魔法の壁を越えることはできないらしい。

薄暗かった洞穴が妖精たちの光に仄《ほの》かに照らされる。

「あの……」

「対価を払うとしたら、それはリティリア、君の笑顔のためだ」

「――そんなのっ！」

ボロボロこぼれてしまったのは、不可抗力の涙だ。

だって私の笑顔は、幸せそうに笑っている騎士団長のそばにしか、きっとない。

どうしてわかってもらえないのだろう。

私にとって何よりも大切なのが騎士団長様なんだって、どうして伝わらないのだろう。

「……泣かないでほしいのだが」

眉根を寄せて、本当に困ってしまった様子の騎士団長様を上目遣いににらんでしまう。

口にしたら伝わるのだろうか……。

「アーサー様が私のために苦しい思いをしたら、喜べるはずがありません」

「……それは」

「何もいらないとまでは言えないけれど……。でも、アーサー様が私にとって一番大切な人なのは間違いなくて……」

もちろん、オーナーのことも、弟のエルディスのことも大切で、誰かを選ぶなんて私には難しいのかもしれない。覚悟がないと笑われてしまうかもしれない。それでも一番は……。

「──リティリアを大切な人たちごと守りたいと思ったのだが……。泣かせてしまうとは」

「アーサー様の安全を確保してからです」

「はは、確かに自分の安全をまず確保してから行動するというのは戦場の基本なのに、リティリアに教えられるとはな……」

「っ、それで、何を差し出したんですか？」

「大したものじゃない。俺の魔力の一部を……」

「もっ、ものすごく大切なものじゃないですか！」

「だが、その代わり得たものもある……」

「え？」

驚きのあまり、私の淡い紫の瞳はまん丸に見開かれてしまったに違いない。

だって、王国でオーナーと並んで最も強いと言われている騎士団長様が、魔力を捧げてしまうなんて。

「対価はまだ完全には支払っていない。その前に、リティリアがここに飛び込んできてしまった」

「……ご迷惑でしたか」

戦闘能力なんてこれっぽっちもない私がここに来たからって、ハッキリ言って何の役にも立たないに違いない。

「嬉しいよ……」

「……えっ？」

「俺のことを思ってくれたってことだろう？　少しだけ、うぬぼれてもいいのかな」

もう一度、私たちは口づけを交わそうとした。

けれど、あと少しでお互いの唇が触れそうになったとき、ガッシャンと魔法の壁が割れる音が洞穴内に響き渡る。

「――お楽しみのところ悪いけど、目的地を見つけたから行くよ？」

振り返った先には、眉をひそめた弟、エルディスがいた。

騎士団長様と口づけしようとしようとした瞬間を弟に見られた私は、たぶん耳まで真っ赤になっていたに違いない。

けれどチラリと見た騎士団長様は、口の端をどこか悔しそうに歪めただけだ。

やっぱり、好きだという気持ちは私の方が騎士団長様より強いに違いない。私は、そう結論づけたのだった。


エルディスは私の手を引いてどんどん進んでいく。その後ろに、反対側の手を繋いだ騎士団長様が続く。

少しだけ警戒した様子で、騎士団長様はキョロキョロと周囲を見ている。

けれど、妖精たちは私たちから少し離れて飛び回るばかりで、それ以上近づく様子はない。

エルディスは私と違って妖精と話をすることができる。おそらく、言い聞かせてくれたのだろう。

「……あの、エルディス、目的地って？」

「妖精たちが、大切に守っているところ」

もう一度強く手を引かれると、次の瞬間、フワリと地面が柔らかくなった気がして、足下が雲に覆われていた。

妖精たちが認めた人間しか入ることができない場所。つまりこの先にあるのは……。

「ここにも魔鉱石があるの？」

「そう、それも巨大なやつが。ああ、でもその場所に行く前に、少し寄り道をしないとね」

寄り道と言いながらも、エルディスの表情はひどく真剣だ。

「オーナーの居場所、わかったの？」

そう呟くと、エルディスと繋いだ左手にも、騎士団長様と繋いだ右手にも、ギュッと力が加わったのがわかった。

その瞬間、魔力を感知する能力がそれほど高くない私にも、はっきりと魔力の渦が感じられた。

雲が晴れていく、その切れ間に見えるのは、可愛らしく美しい夢のような空間だ。

「カフェ・フローラ……」

「……厳密に言えば、カフェ・フローラの元になった場所の景色だろう。シルヴァ殿の魔力が不安定なせいで、時間と空間が歪んでしまっているんだ。その証拠にエルディスの姿が」

慌てて視線を向ければ、エルディスの薄い茶色の髪から白いウサギの耳が生えていた。

燕尾服と淡い紫色の瞳も相まって、おとぎ話の世界から抜け出してきたみたいだ。

思わずエルディスの手を握りしめ、これだけは伝えなくてはいけないと口を開く。

「……カフェ・フローラで、一緒に働こう？」

「え？　嫌だよ……」

こんな可愛いウサギ耳のスタッフがいたなら、ますますカフェ・フローラは人気になるに違いない。

そんなことを思いながら触れた自分の頭には、予想通りあの日つけていたクマ耳のカチューシャがある。

「まさか……」

振り返るのが少し怖い。でもものすごく見たい。

「……あの、見ても良いものでしょうか？」

「うん？　どんな姿かわからないから、なんとも言えないな。しかし、森の動物たちがテーマの服装か？　リティリアは何を着ても似合うが……」

そう、チラリと見えるスカートの生地や、頭の上のクマ耳の感触からいって、今の私は騎士団長様にクマのぬいぐるみをもらったあの日と同じ格好をしているのだろう。

——勢いをつけて、クルリと後ろを振り向く。

「と、虎!?」

目の前には、虎耳をつけた騎士団長様がいた。騎士服はそのままに虎耳をつけた騎士団長様は、可愛らしく、かつカッコいい。

「もしかして、尻尾もあるのですか？」

「これか……。ん？　不思議なことに触った感覚まであるな」

前回は、騎士団長様と私を子どもの姿にしてしまったオーナーの魔法。今回のこれもオーナーの時空魔法によるものなのだろうか。

「さ、姉さん。とにかく行くよ」

「まあ、行ってみなければ何もわかるまい」

「え、ええ」

こうして、シリアスな展開にもかかわらず、少々可愛らしくなってしまった私たちは、妖精が創

り出す雲の中を抜けたのだった。

雲の中を抜けた先は、大木に囲まれた小さな空間だった。

その真ん中にある切り株の上には、見ているだけでフワフワの触感を予想させるクマがいた。

ここでも魔力は渦を巻いている。

そして、このくったりとした柔らかそうなクマには見覚えがある。

そう、これはクマではない。クマのぬいぐるみだ。

「確かに部屋に置いてきたはずなのに、いったいどうして……」

不思議なことにクマのぬいぐるみは、鮮やかなキノコが生えた切り株の上に二本足で立っている。

「……まるで、アーサー様にこのぬいぐるみをもらったときの店内みたい」

懐かしい気持ちとともにそっと抱き上げれば、直前まで立っていたのが嘘のように、ぬいぐるみがいつもと同じ柔らかな抱き心地に変わる。

このぬいぐるみはもちろん騎士団長様にいただいた大切な宝物だ。

「リティリア……」

振り返った視線の先には、珍しいことに困惑を隠せず、虎の尻尾を逆立てた騎士団長様と、この空間にあまりにも似合う、眉間にしわを寄せたウサ耳姿のエルディスがいた。

一瞬、カフェ・フローラで勤務中なのではないかと錯覚してしまう。

そんなことを思いながら見下ろした私の目に飛び込んできたのは、真っ白なエプロンだ。

「え……？」

白いエプロンが目に入った途端、のどかな深い森の風景が、ピンク色で埋め尽くされた空間に様変わりする。ピンクや白や赤の風船のようなハートが浮かぶ空間には、見たこともない色とりどりのガラスの小物が並べられている。

……もしかしてここ、オーナーが話してくれた、初恋のテーマの元になったという異国の雑貨店なのではないかしら。

気がつけば私の服装も、裾が膨らんだ可愛らしい赤やピンクの色合いのワンピースに変わっていた。

「……」

「……」

——ところで、後ろにいるはずの二人が完全に沈黙しているけれど、どんな姿になっているのかしら。興味はあるけれど、見るのが怖いような。

「初恋のテーマの思い出と言えば……」

そう、カフェ・フローラが『初恋』をテーマにする予定だった前夜、オーナーが星屑の光をこぼしてしまい急遽テーマの変更を余儀なくされたことは、はっきりと記憶に残っている。

見上げた空には、やっぱり白い雲が浮かんでいて、そこにもまるで風船のようにハートが漂っている。

『初恋』のテーマは、遠い異国の雑貨店をモチーフにしたのだとオーナーは言っていた。

あいかわらず黙り込んだままの二人の姿を確認しようと振り返った途端、雲の切れ間に虹が架かる。

残念ながら時間切れのようだ。私の服は水色に変わって、背中には小さな羽が生えた。

――空にかけられたのは、本当の虹に比べると色合いがはっきりとした小さな虹だ。

その間を、金色の光を振りまきながら一匹の妖精が飛び回っている。

「雲の中の虹と妖精……」

これは、騎士団長様に初めて名前を呼ばれた思い出のテーマだ。

騎士団長様にそのことを伝えようとした途端、私のそばに白い雲が下りてきて、まるで煙に包まれたように周囲が真っ白になる。

そして、雲が切れた途端、そこは真っ暗闇に変わっていた。

めまぐるしく変わり続ける景色と急な暗闇に恐ろしさを感じて、ギュッとクマのぬいぐるみを抱きしめる。

それでも完全に恐怖に囚われないのは、渦巻く魔力がよく見知った人のものであるのと、騎士団長様がきっと助けてくれると信じているからだ。

「リティリア！」

「――アーサー様」

そっと腕を摑まれて引き寄せられる。

クマのぬいぐるみごと抱き寄せられ、温かい腕の中で一人ではないことにホッと息をつく。

「……大丈夫か？　それにしても、シルヴァ殿は魔法を制御できていないようだ。それに、どうやらリティリアを中心に魔法が展開されているように見える」

「えっ」

「……ここも、カフェ・フローラのテーマの元になった場所のようだが」

暗闇かと思ったこの場所。

けれど見上げた瞬間、視界に飛び込んできたのは、降り注ぐような満天の星だ。

実際に手を伸ばせば、きらめく星に届きそうだ。

そう、これはあの日、疲れ切って現れたオーナーが星屑の光をこぼしてしまったときのテーマの元になった景色に違いない。

腕の中で振り返ると、騎士団長様はいつもの凛々しい姿に戻っていた。

もう少しだけ虎耳を見ていたかったと思いながら口を開く。

「……まるで、星空に手が届きそうですね」

「――実際に届くだろう」

騎士団長様が夜空に手を差し伸べて、何かを摑むようなそぶりをする。

私の目の前に差し出された握りこぶしがそっと開かれると、そこには輝く星屑の光が閉じ込められていた。

「……魔力で作り上げられた星だ」

「……あのときみたいですね」

思い起こされるのは、あの日、カフェ・フローラで騎士団長様が捕まえてくれた星屑の光。

あのときの再現のようで、ドキリと心臓が音を立てる。

「リティリアが望むなら、いつでも捕まえてあげよう……」

見つめ合っている私たちがその距離を縮めようとしたとき、二人の間に割り込んだ人影。

私の背丈と騎士団長様の背丈のちょうど中間くらいの人影が、手を伸ばして星屑の光を摑む仕草をした。

「はい！　僕にも取ることができるから！　二人の世界を作ってないで、先に進むよ！」

「……エルディス」

「完全に、僕のこと忘れていたでしょう？」

暗闇の中でも、その顔がしかめられているのがありありと想像できてしまう。

エルディスはため息をついて私の前に握りこぶしを差し出した。

開かれた手の中には、やっぱり輝く星屑の光があった。

……二人は、王国でも五本の指に入る魔力の使い手だもの……。星屑の光を摑むことだって造作もないのかしら？

そんなことを思いながら、ポケットに注意深く星屑の光をしまい込む。

魔力が高い人にしか手に入れることができないと言われる星屑の光。

そんな貴重なものを入れた私の両方のポケットが淡く光り輝く様は、あまりに幻想的だ。

「それにしても、この場所も明らかに魔力で作られているようだな」

「……ここの景色を作り上げているのは」

「魔力の痕跡からいって、シルヴァ殿の魔法で間違いないだろう。しかし、先ほどまでの空間とは明らかに規模が違う。シルヴァ殿の身が心配だな」

「……早く、捜し出さないと」

美しい景色に心奪われてしまっていたけれど、この空間がオーナーによって作り出されているのだとすれば、いったいどれほどの魔力を消費しているのだろうか。

この国一番の魔術師と言われるオーナーだけれど、その膨大な魔力が不安定であることを私は知っている。

銀色の光に照らされて輝く小さな花々は、踏みしめる度に鈴のような音を奏でる。

この景色も、オーナーが元気ならいつかカフェ・フローラで再現されるのだろうか。

そんな中を、一匹の妖精がまるで私たちを案内するようにふわりふわりと飛んでいく。

「先ほどから飛び回っているあの妖精は、魔法で作られたものではないみたいだ。ついてくるようにって言っている……」

妖精と言葉を交わすエルディスが、導かれるようにふらりとそのあとをついていく。

「行こう、リティリア」

「は、はい……」

騎士団長様にそっと手を引かれる。

私たちは、踏みしめる度に鈴のような音が鳴り響く草原を歩き出したのだった。

＊　＊　＊

踏みしめる度に、リリーンッと涼やかな鈴の音が響き渡る。

白銀の光の中を歩いていると、同じ色をした騎士団長様の魔力に包まれているようだ。

流れ星のようにきらめきながら、その中を妖精が飛び回る。

「本当に綺麗」

もしオーナーのことがなければ、こんなにロマンチックな夜を騎士団長様と過ごせることに、うっとりと幸せな気分になっただろう。

――でも、それよりもなによりも……。

ギュッと服の胸元を握りしめた私に何を思ったのだろう、騎士団長様がそっと手を重ねた。

「心配するな。なんとかなる、そしてしてみせる」

「……アーサー様」

顔を上げると、私を安心させるようにエメラルドグリーンの目が弧を描いていた。

こんなときに不謹慎だが、ドキリと心臓が音を立てる。

少し離れたところでは、エルディスが妖精に話しかけている。

反対側の手をポケットに入れれば、冷たいけれどどこか温かい魔力を内包した宝石に触れる。

ふとポケットに視線を向ければ、布越しに淡い緑色の宝石が星々のきらめきのように瞬いている。

「……あれ？」

不思議に思って取り出した宝石の一つは、やっぱり騎士団長様の瞳と同じ色をしている。

けれどその中には、いつの間に閉じ込められてしまったのか、星屑の光がインクルージョンのようにきらきらと輝いていた。

「星屑の光が宝石の中に入ってしまった!?」

「魔女殿にいただいたこの宝石は、魔鉱石の中でも抜群に純度が高い。星屑の光をも吸い込んだのかもしれないいな」

「きれいです……」

夜空にかざした宝石は、暗い中でよく見れば淡く銀色に輝き、その中で揺らめくオーロラに星屑の光が瞬いているみたいで、あまりにも幻想的だ。

思わず時間が経つのを忘れそうになった私はあいかわらずのんきだと思う。

「姉さん！」

少し咎めるような弟の声に我に返り、慌てて宝石をもう一度ポケットに押し込む。

「妖精たちが案内してくれるって」

「……大丈夫なのか？」

騎士団長様の声は少し不信感をはらんでいる。それはそうだろう。私たちは先ほど妖精の群れに追いかけられたばかりなのだ。

「妖精たちは、子どものように興味を示したものに忠実だ。だけど、言葉さえ通じれば話がわからないわけでもない」

「そうか……」

「さっき姉さんが投げた宝石の魔力は極上だったから、ついつい興味を示してしまったらしい。さっきのお礼がしたいって。つまり問題ないよ。……今は」

今は、という部分に引っかかりを覚えながらも、先導する光とエルディスのあとをついていく。

それにしても、騎士団長様に二つの宝石を預けた森の魔女様は、いったいどこまでこの結果を予測していたのだろう。

――不思議な存在だ、魔女様は。

ときに残酷で、ときに気まぐれなその行動の真意を私たちが読むことなどできないのだろうか。

私のよりも深い紫色のアメジストのような瞳が、チラチラと脳裏をよぎっていく。

――遠くに見えるのは、流れ星が集まったようにひときわ強く金色にきらめく場所だ。

耳元と胸元に揺れる三連の魔石の一つ、金色に輝くそれと同じ。確かにオーナーの魔力に違いない。

「あの場所に、オーナーがいる」

「……リティリア」

「アーサー様？」

一瞬だけ立ち止まった騎士団長様を見上げれば、眉間にしわが寄っている。

騎士団長様は、『待っていてほしい』という言葉を呑み込んだのかもしれない。

そんなことを思いながら、再び少し冷たい手を握りしめて、私たちは歩き始めたのだった。


――妖精が導く場所は、金色の美しい魔力で満たされていた。

けれどその魔力は、いつもと違いグルグルと渦巻いていて荒々しく、今にも破裂しそうだ。

緑色の宝石が小さく震えた気がして取り出すと、光が次から次へと吸い込まれていく。

「……オーナーの魔力」

「ああ、間違いない。シルヴァ殿の魔力だな」

「すごい魔力だ。でも今にも爆発しそうだよ、姉さん」

「……エルディス」

「気休めかもしれないけど」

エルディスが、私の胸元で揺れるネックレスに魔力を込めた。淡い紫色の光が魔石に吸い込まれていく。

静かに輝く宝石が物珍しいとでもいうように、妖精が一匹、三人分の魔力が込められたネックレスに触れるか触れないかの距離に近づいてきた。

「……アーサー様」

「ああ。本来であれば、すでに俺たちは、以前のように子どもの姿になっているに違いない。この宝石のおかげかな」

緑色の宝石は銀色に、そして金色にキラキラ輝きながら、周囲の魔力を吸い込んでいるようだ。

光に目が慣れてくれば、そこには夜に溶けそうな紺碧の髪と、あまりに美しい金色の瞳をした男性が一人立っていた。

それは人にはあってはならないほどの美貌だ。その美しさを持つ男性が、まるでこの世のものではないように妖艶に微笑む。

「……リティリア、会いたかった」

「オーナー！」

「……こんな場所まで来るなんて。最後に君の姿が見たかった。そんなことを願ってしまったのがいけなかったかな」

近づけば、微笑んだオーナーが静かに私から目を逸らした。

「ここは危険だ。ヴィランド卿、早くリティリアたちを連れて帰ってくれないかな」

まるで、最後のお別れを告げられたように思えて、ズキリと胸が痛む。

「……や、いやです!!」

「リティリア、仕方がないんだ。俺の魔力は今にも弾けてしまいそうだから」

ギラギラと眩しすぎるほどの光の中、そこだけ夜が訪れたような髪をしたオーナーは、今にも儚く消えてしまいそうだ。

どうしていいのか解決の糸口も見つからなくて、ボロボロと涙がこぼれ落ちていく。

チラリとこちらに視線を送ったオーナーが、少しだけ傷ついたように眉をひそめた。

「……泣かないでくれ、リティリア。俺の思い出の中の君は、いつだって笑っていてほしい」

「オーナーが助けてくださらなかったら、今だって笑っていません！」

「リティリア。君には、ヴィランド卿がいる」

泣いてばかりの私。まるで子どもに言い聞かせるようなオーナーの言葉。

小さな子どもに戻ってしまったように、涙がますますこぼれてしまう。

「泣かないで、リティリア」

ひときわ光が強くなった瞬間、私とオーナーは小さなカフェテーブルを間に向き合っていた。

「……ここは」

それは、あの日の夜空をモチーフにした店内だ。

「あの日、星屑の光がカフェ・フローラに散らばったとき、リティリアが喜ぶかもな、と思ったんだ」

「……とても美しいと思いました」

「君に助けられなければ、俺はここにいない。あの瞬間から、俺の人生は君を中心にまわっているんだ」

初めて出会ったあの日、子どもの姿のオーナーは今にも消えそうだった。

けれど、助けたのは私ではなく妖精たちだ。

私自身にはなんの力もない。そう、今この瞬間のように。

目の前に差し出されたのは、七色の層の中にキラキラ輝く星が閉じ込められたカクテルだ。

それを受け取った瞬間、爽やかでかぐわしいその香りが鼻腔をくすぐる。

「……大人になった君と飲み交わすのを密かに楽しみにしていたけど」

「もう私は大人です、オーナー」

「そうだったね。いつの間にか、大人になってしまった。いつまでも幼い君のままでいると、心のどこかで思っていたのに。……俺の可愛いリティリア」

チンッと軽やかな音。二人が持つ華奢なグラスがそっとぶつかる。

その七色の液体が、オーナーの喉をゴクリと通るのをただ眺めているうちに、周囲が色鮮やかに染め上げられるほどまばゆい光に満たされる。

「オーナー!!」

カクテルのグラスのヒンヤリした感触があるだけで、眩しすぎる光の中、何も見えなくなる。

そのとき、大きな手が私の手を包み込み、グラスを奪い取った。

それと同時に、まばゆいばかりの光が収束していく。

「……何しているんだ、ヴィランド卿」

その光を収束させたのは騎士団長様だ。

おそらく無茶なことをしたのだろう、その頬から汗がしたたり落ちている。

「は……。決まっているだろう。シルヴァ殿を助けようとしている」

「は？　どんな対価を払うことになるかわからない！　ヴィランド卿は、リティリアをこれからも」

美しく七色に輝いているグラスを星屑の光にかざし、騎士団長様は一息にそれを呷った。

「……幻覚とは思えないほど精巧だな」

「本物だ」

「そうか、余裕があるじゃないか」

「……皮肉かな？」

「……いや。シルヴァ殿の覚悟は理解している」

「それなら、もう……」

「だがシルヴァ殿に戦場で命を助けられたこと星の数ほどある。まさか、見捨てるわけにもいくまい」

二人のやり取りは、まるで信頼し合った仲間のようだ。いや、事実信頼し合っているに違いない。

少しの間、今の緊迫した状況も忘れて舞台の一幕のような会話に耳を傾ける。

「だがリティリアを笑わせる役目は、誰にも譲れない」

「……はあ、仕方ないな」

紺色の長い前髪をグシャリと乱して、金色の目を細める。

その体には、オーナーを手に入れることを諦めきれない金色の帯が巻き付き、連れ去ろうとしているようだ。

「リティリア、宝石を」

「……アーサー様」

「俺の心配はするな。命のやり取りなど、数え切れないほどしてきた。そしてこの場所に未だ立っている。それより、リティリアにがんばってもらわなければならない」

「私に……？」

もしも私にできることがあるなら、なんだってするだろう。

いつも私を助けてくれる、大切な人たちのためならば。

騎士団長様は、金や銀の光を帯びた緑色の宝石をそっと手のひらで包み込んだ。

次の瞬間、宝石は元の騎士団長様の瞳によく似た色を忘れてしまったように、まばゆい銀色に光り輝く。

「ほらシルヴァ殿、手を出せ」

「……本気か？　どうして、他人のために命をかける」

「他人のためじゃない。リティリアの笑顔のためだ。……それに、存外あの店が気に入ってしまったからな」

その言葉に、金色の瞳を見開いたあと、オーナーはさもおかしそうに笑った。

「……ははっ。意外に可愛いものが好きなのだな」

「当たり前だ。リティリアも可愛いだろう？」

「違いない」

二人を照らす金と銀の光。

会話の意味がよくわからないけれど、二人は意気投合したらしい。

オーナーが宝石にそっと手を触れると、騎士団長様が苦しげに低くうめいた。

「……ものすごい魔力だな。さすが、王立魔術師団の筆頭魔術師」

「……これだけの魔力を受けてまだしゃべれるなんて、ヴィランド卿こそバケモノか」

「ひどいな。だが、限界か……。リティリア!!」

顔を上げる。先ほどから私のネックレスにご執心で、近くにまとわりついていた一匹の妖精が、騎士団長様の言葉に反応したようだ。

「……お願い。助けて」

その言葉を受けて、ひらひらと飛んでいった妖精が二人の魔力を嬉しそうに吸い取った。

けれど、騎士団長様が力を尽くしても、私が妖精にお願いしても、きっとそれだけでは足りない。

「うわぁ……。この場所が隔離されていなければ、王都が吹き飛びそうだ」

光が収まらないことに絶望しかけたとき、いつも私を助けてくれる大切な家族の声がした。

振り返るとそこには、たくさんの妖精に取り囲まれたエルディスの姿があった。

妖精たちは、よく懐いた小鳥のようにエルディスの肩にとまったり、周りを掠めて飛び回ったりと賑やかだ。

そして私に視線を向けると、一匹、二匹とヒラヒラこちらへ飛んでくる。

それはいつしか光り輝く大きな波のように集まって、私のもとへ押し寄せてきた。

「お願い……」

こんなにたくさんの妖精に願ったなら、それほど多くない私の魔力なんてきっと空になってしまうだろう。

それでもこの状況を変えられるのは、きっとこの方法しかない。

「姉さん！　無茶しないでよ!?」

エルディスの声が慌てたように高くなる。

それでも、今できることをしないという選択肢なんてない。

「お願い!!　助けて!!」

妖精たちは次々と私に寄ってきては魔力を奪っていく。淡い紫色の光があたりを満たしていく。

それほど多くはない私の魔力。それが根こそぎ奪われてしまって、ひどく酩酊したような感覚に襲われる。

それでも、まっすぐに視線を向けた先には大切な人たちがいる。

「……はあ。姉さんを追いかけていたはずの妖精たちと僕だけが中に入れないと思ったら……。妖精たちはきっと、この展開を知っていたんだろうな」

そっと私の手に重ねられたのは、いつの間にか私よりも大きくなったエルディスの手だ。

そこから流れ込むのは、私の魔力によく似た、けれどずっと力強い魔力だ。

「……悪いけど、姉さんを泣かせたら許さないから！」

金と銀の光、そして淡い紫の光が周囲を包み込む。あまりにも眩しくて、苦しくて、意識が遠のいていく中、誰かに抱きしめられたことだけがわかった。

パキンッとガラスが割れるような音がする。

胸元の魔石が粉々になって、光に溶け込むかのように輝き、そして散らばっていく。

「綺麗……」

その光の粒だけが、もうろうとした意識の中、はっきりと私の視界に映り込む。

「————!!」

大好きなその声が呼んだのは、たぶん私の名前だったたと思う。

「……大好きです、騎士団長様」

まるで夜が明けるときの、朝焼けみたいな淡い紫の光の中、差し込んでくる銀色の光は強くて眩しい。

薄れゆく意識の中で思い浮かんだのは、白い雲とリボンと可愛いお花で埋め尽くされた店内。

その可愛らしい店の目立たない席で一人、優雅にコーヒーを飲むその姿だ。

「早く、カフェ・フローラで騎士団長様に」

コーヒーを出してあげたい。それに、新作のクッキーも……。

「リティリア!」

カフェ・フローラで私の名を呼んだのは、思いのほか優しく可愛らしい笑顔の騎士団長様。

今や、その笑顔が胸が痛くなるほど愛しい。

もう一度私の名を呼ぶ声が聞こえた気がした。

それと同時に、愛しているっていう声も聞こえた気がしたけど、とのんきに考えたあと、私は意識を手放したのだった。

＊　＊　＊

明るい日差しに、腕で目を覆う。

「あら、ようやく起きるのね」

妖艶なその声は、たぶん私を心配しているわけではない。

まもなく私が目覚めることも、彼女にとってはすでに既知の未来なのだろうから。

「魔女様……」

「リティリア、よく頑張ったわね」

魔女様の手には、淡い緑色の宝石が握られている。不思議なその石は金や銀だけでなく、角度によっては淡い紫色の光を放っていた。

「その宝石、どうして魔女様が？」

「どうしてって、対価だからよ？」

「……対価」

「そう、魔女はどんなに願われても、見合った対価をもらわない限り願いを叶えることはできないの。でも、逆に対価を受け取ってしまったら、必ず願いを叶えなければいけないわ」

宝石を覗き込んでみれば、私の顔が映り込む。

緑色の宝石の中の金と銀や紫の光を見つめているうちに、寝ぼけていた頭が急速に冴えていく。

「騎士団長様は!?　オーナーとエルディスは!?」

「あらあら。ようやく名前を呼んでもらえるようになったのにお気の毒」

「っ、アーサー様は!!」

「無事よ？　対価はいただいたけれどね」

「対価を!?」

魔女様の前で勢いよく立ち上がり、そしてふらついた私を大きな手が支える。

顔を上げれば、申し訳なさそうで、かつどこか気まずそうなオーナーが私を見下ろしていた。

「……オーナー？　何だか雰囲気が」

「……魔力がほとんどないせいだろう。時空魔法を無理に抑えた弊害だそうだ。残念ながら、まともに魔法が使えない」

「命に別状は？」

「……ない」

喜んで良いものか困惑していると、肩をポンッと叩かれる。

微笑んだオーナーからは、魔力の支配から解放されたからなのか、いつもの妖艶な雰囲気が消え去り、可愛らしさとカッコよさが同居したような爽やかさが感じられる。

「リティリアとエルディス、そして、ヴィランド卿のおかげだな」

「えっと、その……良かったです!!」

感極まってポロポロと涙を流してしまった私。

オーナーは、まるであやすように私の頭を撫でた。

「魔法、使えなくなっちゃったんですね……」

「……そうとも限らない」

「……そうね。シルヴァはもう王国を守るような魔法は使えないかもしれない。でも安心して」

扉が現れる。何もない空間に突如現れたそれは、とてもよく知っている懐かしい扉だ。

「カフェ・フローラ……」

「ところで、リティリア。あなたのことも助けてあげたのだから、対価をいただくわ」

「……はい。お支払いいたします」

「あら？　内容も聞かないなんて、あいかわらず無鉄砲だわ」

けれど、もう願いは叶えられてしまったのだ。

私が対価を払わなければ、魔女様も困ってしまうに違いない。

「……私がしたのは、倒れたあなたをあの場所から連れ戻して助けたことだけだもの。対価はたいしたことないわ」

魔女様はカフェ・フローラの扉のノブをガチャリと回した。

「これから先ずっと、私が注文したときには、カフェ・フローラの日替わりコーヒーとお菓子を届けてちょうだい？」

「えっ、そんな簡単なことでいいのですか？」

「ふふ。簡単だと思う？　魔女はとても長い時を生きるの。だから、あなたが婚約しても、結婚してても、そしておばあちゃんになっても、私にコーヒーとお菓子を届けるのよ？　できるなら、あなたたちの子どもにも届けてほしいわね」

微笑んだ魔女様はいつもの少し恐ろしい雰囲気が消えて、どこか母を思い出させる。

それは、彼女が持つ紫色の瞳のせいなのだろうか。

「でもオーナーの魔法が使えないなら、カフェ・フローラは……」

「ふふ。見てご覧なさい」

扉が開いて新緑の香りとともに出迎えてくれたのは、蝶ネクタイとベストを身につけ二本足で立つ、もりのクマさんぬいぐるみだった。


「……案内してくれるの？」

モフモフの短い手が差し伸べられる。

しゃがんだ私がそっとその手に触れると、クマのぬいぐるみは走り出した。

「じゃ、またあとでね？」

扉をくぐった先は、カフェ・フローラのバックヤードだった。

不安定な体勢のまま、背の低いクマのぬいぐるみについていく。

そこは、茶色の木でできたテーブルが並ぶオシャレな喫茶店だった。

フリルいっぱいの店内はとても可愛らしいけれど、ごく普通のカフェだ。

「やっぱり、オーナーの魔法がなくなってしまったから」

私がそう呟くと、クマのぬいぐるみがぶんぶんと首を振った。

「え……？」

わらわらと私の足元に集まってきたのは、もりのクマさんシリーズのクマたちだ。

私が騎士団長様にもらったのは、クマさんたちの中で一番人気の子だけれど、そのほかにもたくさんのクマがいるのだ。

「わ、わわ!!」

たくさんのクマたちはそれぞれがオシャレに飾り付けられて、それ自体がカフェ・フローラの装飾品のようだ。

フワフワ飛んできた黄色い蝶々。それを追いかけて縦横無尽にクマたちが走り回る光景は、まさに不思議でいっぱいのカフェ・フローラだ。

そのあまりの可愛らしさと騒々しさに呆然としていると、もう一度手が強く引かれた。

「あっ、待って!?」

水色のワンピースがいつの間にかフリルとリボンでいっぱいの裾が広がったデザインに変わっている。

——まるで魔法のように。

「ううん、魔法だよね」

オーナーはほとんどの力を失ったと言っていたのに、と首をかしげながら前を見た私の心臓がドキリと音を立てる。

お店の目立たない席に座る男性の黒い騎士服は、可愛らしいこの店の中ではやっぱり少し違和感がある。

「でも、クマたちに一番人気」

頭の上にまでクマがのっているお客様は、見渡してみても彼一人しかいない。

「……リティリア」

頭にクマをのせたまま、立ち上がった騎士団長様。

いつの間にか、他のクマたちは別の場所に走り去ってしまった。

騎士団長様の頭にのった一匹を除いて。

「ふふ！」

「なんだ。ああ、これか……」

クマのぬいぐるみは頭から下りようとしたのだろう、後頭部にしがみついているせいで、まるで騎士団長様の頭にクマ耳がついているように見える。

「アーサー様の頭にクマ耳が生えているみたいで可愛いです。あのときと、逆ですね」

「……そうだな。では、もう一度受け取ってくれないか」

もりのクマさんぬいぐるみが、ピタリと動きを止めた。

――まるで、あのときの再現みたい……。

「ずっとそばにいてほしい」

「は、はい」

差し出されたクマのぬいぐるみを受け取って、思わず感極まって涙しながらうんうんと頷く。

――パンッ!!

「きゃ!?」

突然耳元でクラッカーの音が鳴り響いた。

飛び立つ白い小鳥と色とりどりの風船は、いったいどこから現れたのだろう。

動くぬいぐるみの存在以外、いつもに比べて普通に見えた店内が色とりどりの風船と白い小鳥によって鮮やかに変化していく。

鳴り響くクラッカーと、演奏を始めたぬいぐるみたち。その光景は、いつものカフェ・フローラ以上に幻想的でにぎやかで楽しい。

「すごい……」

気がつけば私は、騎士団長様の腕の中にいた。

「アーサー様?」

「愛している。どうか、これも受け取ってくれないか」

私の首にかけられたのは、銀色の魔石があしらわれたネックレスだ。

割れてしまった三連の魔石に負けないほど、その魔石は光り輝いていた。

「さて、そろそろ戻らなくては」

「……お仕事ですか?」

「ああ、実はリティリアが心配すぎて抜け出してきた」

騎士団長様は私に微笑みかけると席を立った。

テーブルには、空いたお皿とカップが一つずつ。ちゃんと朝食も口にしてくれたようでホッとする。

「……リティリア、しばらく忙しくなりそうだ」

「……どうしてですか？」

「シルヴァ殿の穴がな……」

「オーナーの……」

王国の筆頭魔術師であるオーナーは、魔獣が侵攻してこないように結界を維持し、自らも最前線で戦ってきた。

その穴を埋めるのは……。

「……っ、アーサー様」

「リティリアが気に病む必要はない。この職に就いたときから、当然のことだと思っている。ただ……」

なぜかたくさんのクマたちが、花がいっぱいついている枝を持って歩み寄ってきた。

そこには、いつものクマとリボンをつけた女の子のクマもいる。

枝で隠された私たちは、周りから完全に見えなくなった。

隠れていたずらでもするように、唇と唇が合わさる。

閉じていた目をそっと開けると、南の海のようなエメラルドグリーンの瞳が私を見つめていた。

「……はあ。せっかく婚約したのに、落ち着かないものだ」

「……アーサー様？」

「遅くなろうと、全力で帰るから」

「……」

「だからどうか、待っていてくれ。……俺たちの家で」

この日から、ただでさえ忙しい騎士団長様はますます多忙になった。けれど、朝の短い時間だけは必ず顔を合わせている私たちは、以前よりたくさん一緒にいられるはずだ。

そんなことを思いながら働けば、久しぶりにお会いする常連さんたちが次々に訪れる。

そして、その常連さんたちは、人の領域を超えた美貌を持つ店員に目が釘付けになる。

「えっと、オーナー？」

水色の裾が膨らんだリボンいっぱいのワンピースに、フリフリのエプロンを身につけた私とダリア。

対するオーナーは、お揃いでありながら、着る人によってこんなにも印象が違うのかというほど素敵な、白と水色が組み合わされたベスト付きスーツ姿だ。

「似合うかな？」

「もちろん！　えっと」

「しばらく筆頭魔術師は休むからね」

「ここで働くのですか？」

ポンッと頭頂部に大きな手がのせられた。

その手は温かく、しかもオーナーが幸せそうに笑ったから、私まで幸せな気持ちになる。

「……それに、魔力を預かってもらった対価が足りないらしく、営業日には必ずケーキを届ける約束なんだ」

「えっ？」

「……まあ、カフェ・フローラのファンが増えたと思えば、それも喜ばしいことだ」

それだけ言うと、オーナーは淡いピンク色のクリームにキラキラの苺が惜しげもなく使われたケーキをお皿にのせた。

「ちょっと届けてくる」

「えっと、どこまで？」

「すぐそこまで」

オーナーのことが心配になってあとをつけていくと、バックヤードの裏口の隣にもう一つ赤い扉ができていることに気づく。

開いた扉の先には、見慣れた赤い屋根の小さな家がチラリと見えた。

「……あ、あれ!?　魔女様の家がカフェ・フローラと繋がっちゃった！」

カフェ・フローラと魔女様の家が繋がってしまったのには、ある深い理由があるのだけれど……。

今はまだその理由が明かされるときではない。

そして、振り返ったオーナーは私に小さく手を振ると赤い扉の向こうへ消えていった。

＊　＊　＊

再び働き始めた私に群がるように集まったクマのぬいぐるみたち。

私が持つダスターを引っ張る姿はあまりに愛らしい。

「……手伝ってくれるの？」

うなずいて私からダスターを受け取ると、次々とテーブルを拭いて回るクマのぬいぐるみたち。

まるで意思があるかのようだ。

一方、一緒に働き始めてみれば、オーナーは意外とおっちょこちょいだった。話をよくよく聞いてみれば、今までほとんどのことに、無意識に魔法を使っていたらしい。


オーナーはすぐに戻ってきて一緒に働き始めた。

けれど、問題はそこからだった。

「きゃっ、冷たい！」

私は頭からアイスコーヒーを被ってしまっていた。もちろん、犯人はオーナーだ。

オーナーが金色の目を見開いた。こんなに慌てた顔を見るのは初めてかもしれない。

「っ、すまない、リティリア。今すぐ綺麗に……っと、魔法が使えないんだった」

オロオロするばかりのオーナー。

タオルを持ってきてくれたのはクマのぬいぐるみたちだ。

「大丈夫です。これくらい、着替えれば……」

でも、この服も魔法で作られているはず。

オーナーは魔法が使えないはずなのに、どうして今もカフェ・フローラ内は魔法であふれているのだろうか。

「……あー、割れてしまいましたね」

アイスコーヒーのグラスが割れて散らばっている。

「……痛っ」

破片を拾い上げようとしたとき、指先をほんの少し傷つけてしまった。

そのときだった。

「リティリア！」

「え……？」

私の手を無言で摑んだオーナーの手から、金色の光が湧き出す。

私の傷とアイスコーヒーの汚れは、一瞬にしてなかったことになった。

「……オーナー」

「良かった」

そっと手が離される。

心から安堵したような笑みを浮かべるオーナーは儚いほどに綺麗で、私はしばらく時が止まったかのようにその瞳を見つめた。

「あの、魔法は使えないんじゃ」

「完全に使えないわけじゃない。だからそんな顔しないで、リティリア」

だって、魔法のせいで命を失いかけた直後なのだ。無理をしたのではないかと心配になってしまう。

「でも、今までのように力を使うことはできない。だから、どうか怪我をしないでくれないかな」

「気をつけます……」

「まあ今のは俺が悪い」

先ほどまでたくさんの足音で騒がしかった店内が、少しだけ静かに感じる。

周囲を見渡してみれば、たくさんいたはずのクマは、いつの間にか騎士団長様が贈ってくれた男の子と女の子のペア一対だけになっていた。

どうやらオーナーの魔力のコントロールが難しいのは本当のようだ。

＊　＊　＊

この日は在庫が再びなくなっていたこともあり、最後までカフェ・フローラに残ってしまった。

オーナーは二階にある居住スペースへ消えてしまったので、私も帰ることにする。

バックヤードには、二つの扉。

裏口の隣に現れた古びた木でできた赤い扉は、魔女様の家に繋がったままなのだろうか。

元のぬいぐるみに戻ってしまったクマを抱えて、裏口の扉を開ける。

「リティリア、良かった。間に合った！」

そこには、走ってきたのだろう、息を切らした騎士団長様がいた。

騎士団長様はしばらく私を見つめていたけれど、何を思ったのかフワリと私をクマのぬいぐるみごと抱き上げた。

「アーサー様!?」

「迎えに来た」

抱きしめられれば、落ち着く香りを感じて、すでに家に帰ってきたような安心感を覚える。

「……ただいま、アーサー様」

「……おかえり、リティリア」

「でも、歩けるので下ろしてください」

「これを今回頑張った褒美にしてくれないか」

そう言われると、断ることなどできるはずがない。

「帰ろう、俺たちの家に」

「はい!!」

私はたくましいその首に腕を回し、クマのぬいぐるみを挟んで周囲の視線から隠れるようにその首筋に顔を埋《うず》めた。

抱き上げられたままの帰り道は、恥ずかしくて、頬がにやけてしまうほど幸せだった。

書き下ろし

限定メニュー

Bitter knight &
The sweet cafe

レトリック男爵領は天災と魔獣によって大きな被害を受けたが、徐々に状況は落ち着いてきたかに見えた。しかし、そこを襲ったのが流行病だ。

また、この場所で彼女のために、と決意した矢先に届いたのが弟の訃報だった。

リティリア嬢は不幸にも流行病で母親を亡くしたが、王家からの支援金が入るという情報を聞いていた俺は、すぐに領地は復興すると考えた。

「だが、せめてヴィランド伯爵家は支援を惜しまないという言葉だけでも……」

その日、王都に急遽戻ることになった俺は、せめて一度だけでもリティリア嬢に声をかけようと思った。

「彼女には婚約者もいるが、それくらいいなら許されるだろう」

しかし、彼女を見つけることはできず、王都に戻る日が来てしまった。

＊　＊　＊

騎士団でも腫れ物のように扱われていた俺だが、ヴィランド伯爵家の正式な後継者になった途端、上層部は手のひらを返したように俺の扱いを変えた。

「……今さら昇進になど興味はなかったが」

今までもみ消されていた実績が明らかにされ、俺を騎士団長にという声も上がった。

「鬼と、呼ばれているような男なのにな」

目をつぶれば、浮かぶのは健気に領民のために働くリティリア嬢の笑顔だ。

彼女は今どこで何をしているのだろう。少しでも早く苦境から救いたい。

「そのために必要なら、俺は……」

愛しているなんて言葉では生温い。

彼女は俺の救いで、命そのものだと言っても過言ではない。

「——どんな地位でも手に入れてみせるし、何だって利用する」

しかし王都に戻って数日後、レトリック男爵領への王家からの支援金が途絶えていたことが判明した。

巧妙に隠されていたその事実に気がついたとき、すぐにリティリア嬢の現状を調べたが、彼女は日を浴びた朝露のように忽然《こつぜん》と消えてしまっていた。

急ぎ対等な立場で、レトリック男爵領への支援を申し出た。

妻を失ってから男爵は寝込みがちになり、男爵領の切り盛りはまだ幼い長男が行っていた。

初めのうちは疑うようなそぶりを見せていたリティリア嬢の弟、エルディス・レトリック男爵令息だが、時間が経つにつれその態度は軟化していった。

しかし手紙のやりとりを続けても、彼はリティリア嬢の話題だけは決して書くことがなかった。

寝る間も惜しんで彼女を捜す日々。

騎士団長の地位を手に入れても、どうしても彼女の居場所がわからない。

結局俺は、彼女の居場所を摑むまで三年の月日を要したのだった。

＊　＊　＊

「……なぜ彼が」

ようやく、というよりも、意図的に気づかされたような情報だった。

あまりに可愛らしいその場所は、王都のメインストリートにあった。

どうして今まで捜し出すことができなかったのか不思議だが、訪れればその理由はすぐにわかった。その場所は、高度な魔法により厳重に守られていた。

——リティリア嬢を匿っていたのは、王立魔術師団の団長であり筆頭魔術師でもあるシルヴァ殿だった。

「……まさか、こんな近くに」

騎士団の業務を何とか終えてカフェ・フローラを訪れたのは、明かりが灯り賑わっている夜。

まるで夢の中にあるかのように可愛らしいその店は、ピンク色のレンガと白い扉が目印だ。

「それにしても……」

視線を下げれば、目に飛び込んでくるのは黒い騎士服だ。

背が高く目つきが鋭い鬼騎士団長。

もしカフェ・フローラに最もふさわしくない人間をあげるとするなら、間違いなく王国で一位に輝くだろう。

窓から中を覗けば、可愛らしい猫耳の店員が明るい笑顔で接客している。そして、ふわふわの雲と虹で作られたキャットタワーをぬいぐるみのようなピンク色の猫が飛び回っていた。

「可愛いな……。まるでリティリア嬢のようだ」

シルヴァ殿が作ったカフェが盛況であることは耳にしていたが、まさかその場所とリティリア嬢に繋がりがあるなんて想像もしていなかった。

「リティリア嬢はいないのか……」

しかし、彼女のシフトが主に早番であることはもう知っている。もう閉店間近の店に彼女の姿はない。あの可愛らしい制服を身につけたリティリア嬢が見られないことがほんの少し、いやかなり残念だ。

それはさておき、気になるのは二人の関係だ。

「あの変わり者で、どちらかといえば人から距離を置いているシルヴァ殿が、なぜリティリア嬢を……」

もしかすると、彼もリティリア嬢を愛しく思っているのかもしれない。

「リティリア嬢は、王国で一番可愛らしいからな……」

俺から見ても人の領域を超えているとしか言いようがない美貌を持つシルヴァ殿。彼は平民出身だが、魔術の腕も他に並ぶ者がおらず、国王陛下も一目置く存在だ。

彼の協力がなければ、王都の平和は守りきれないに違いない。

彼女の隣にふさわしいのは、彼のような人間なのかもしれない。……変わり者ではあるが。

「……もしかして、二人はすでに恋仲なのだろうか」

幸せな彼女の姿を遠くから見守ることができたなら、十分だったはず。

けれどその想像は、容易に俺を絶望させる。

目をつぶれば、甲斐甲斐しく負傷者のもとに向かうリティリア嬢の笑顔が浮かぶ。

「会いたいな……」

そして切なくその言葉を口にした瞬間、肩を叩かれた。

急に現れた気配から距離をとり、剣の柄に手をかける。

「……肩を叩いただけで、むやみに攻撃しようとするのはやめてくれないかな？　ヴィランド卿」

「……シルヴァ殿、いったいなぜ」

「ん～。俺の店に何か用事があるのかと思ってね」

「それは……」

もちろん、彼の店に用事がある。

けれど、それを正直に口にして良いものかと相手の出方をうかがう。

金色の目を細めた人外の美貌に思わず目を奪われた瞬間、その端整な唇からその名が紡がれた。

「リティリア・レトリック男爵令嬢だね？」

「……シルヴァ殿」

「まあ、中に入りなよ。俺たちは知らぬ仲じゃない」

確かに、戦場で何度命を助け合ったかわからない。シルヴァ殿がいなければ俺は生きていないだろうし、逆もまたしかりだ。

つかみどころのない男だが、シルヴァ殿は信頼に値するということはすでに知っている。

俺は黙ったまま、その背中についていったのだった。

店内はすでに薄暗かったが、シルヴァ殿が一つ指を鳴らすとあっという間に煌々《こうこう》と明かりが灯った。

いつ見ても感嘆してしまうほどの魔力制御だ。

俺も魔力量は多いがコントロールはそれほど上手くなく、実際に使えるのは戦闘に関するものばかりだ。

「……店内は意外と普通なのだな」

「魔法が解ければ、こんなものさ」

「そうか」

可愛らしすぎる砂糖菓子のような空間にシルヴァ殿と二人きりかと思っていたが、木のテーブルと椅子だけが並ぶ店内はごく普通の内装だ。というよりも、あまりに何もない。

促されて椅子に座ると、ポンッと音を立ててナッツと美しいデザインのグラスに入ったロックのウイスキーが現れる。

「今日はもう閉店したから、たいしたものはないけど」

「感謝する」

口に含んだウイスキーは、どこか干し草のような香りがする。

「……美味いな」

「秘蔵の酒だからね」

シルヴァ殿がもう一度指を鳴らすと、同じグラスとウイスキーが現れた。

「今さらだが、竜から生き延びたことに乾杯」

「……はは。あれに勝って生き延びることができたのは確かに奇跡だな」

グラスを合わせれば、軽やかな音がする。

俺はそのままウイスキーを傾け少しだけ逡巡したあと、質問を投げかける。

「……どうして、今になってリティリア嬢の居場所を俺に仄めかした？」

「……君が自分で捜し出したのでは？」

「誤魔化さないでくれ。シルヴァ殿がヒントを与えてくれなければ、今も捜し続けていただろう」

シルヴァ殿は金色の瞳でしばらく琥珀色の液体を眺めていた。

そしてふと笑うと、俺にまっすぐ視線を向けた。

「リティリアは可愛いだろう？」

「ああ、リティリア嬢が可愛いことには全力で同意するが」

「……普段とキャラクターが違わないか？　まあ、いいか。とりあえず、ずっと守っていこうと思っていたんだけど、思ったより残された時間が少なくてね」

「……それは」

「君になら任せられるかも、と思ったんだ」

少しだけ眉根を寄せたあと、シルヴァ殿はいつものように感情が読めない笑みを浮かべた。

「とりあえず、早朝は店にはほとんど客がいないし、リティリア一人だから……」

「そうか……」

「ご来店をお待ちしているよ」

「……理由はわからないが、リティリア嬢を守ってくれたこと、感謝する」

「それは、お互い様だ」

そこまでで会話を切り上げ、席から立ち上がる。

「あ、そうそう。これをあげるよ」

「ん？　これは……」

それは、一枚のくじ引きの引換券だった。

「くじ引き期間が少し先でね。その頃は討伐で遠征しているから引けないんだ。君にあげるよ」

これを持っていくと、カフェ・フローラの向かいの店でくじが引けるらしい。

「リティリアはもりのクマさんシリーズが好きでね。そのくじを引いてお土産にすると喜ぶよ？　それじゃ、またね」

後日特賞を引いてしまうことになる一枚の券を手に、俺は王都の街を歩いていった。明日の朝、一番にリティリア嬢に会いに行こうと決意して。

騎士団長様は着せ替えたい

bitter knight & the sweet cafe

――乙女が愛する可愛らしいモチーフや、幻想的な光景にあふれた夢空間。

それがカフェ・フローラだ。

「あの……。今朝、用意されていたこちらの服と靴とアクセサリーなのですが」

黒い騎士服を身にまとった騎士団長様を見上げる私は、苺とチョコレートとマカロンのモチーフで飾り付けられて、まるでパフェになってしまったみたいだ。

――可愛いけれど、まだ私は出勤前だ。

こんなにも可愛らしい衣装に身を包めば、まるで仕事中のように錯覚してしまう。

そんな私を見下ろす騎士団長様は、本当に満足そうだ。

「思った以上に可愛らしいな……。今日も仕事を頑張れそうだ」

騎士団長様がエメラルドグリーンの目を細めて私を見つめる。

その笑顔は本当に嬉しそうだから、つい私まで嬉しくなってしまう。

「えっと……。毎日、たくさんのドレスやアクセサリーを贈っていただいていますよね」

「そうだな。どれも、リティリアによく似合う」

「そういうことではなく、もったいないと思うのですが」

「……おっと、さすがにそろそろ出なくては遅刻してしまうな」

胸元から懐中時計を取り出して見つめた騎士団長様は、いかにも残念そうに眉根を寄せた。

「リティリア、残念ながら、今日はカフェ・フローラに行くことができない。その代わり迎えに行くから店で待っていてほしい」

「……いってらっしゃい」

「行ってくる」

微笑んだ騎士団長様は、そっと私の頬に口づけを落とした。

朝から甘すぎて、蕩けてしまいそうだ。

「……でも、ごまかされた気がする」

もちろん、ヴィランド伯爵家には潤沢な資金があるし、騎士団長様の個人資産も私に贈り物をしたからといってびくともしないことはわかっている。

でも、それとこれとは話が違うのだ。

「……それとも、いっそのこと私からねだったら良いのかしら」

そんなことを思いながら、私も身支度を終えてお屋敷を出たのだった。

――今日のカフェ・フローラは、涼やかなミントグリーンを基調にした、お菓子であふれる空間だ。

可愛らしいお菓子の家は壁がビスケットでできていて、あめ玉でできたシャンデリアが色とりどりに光り輝いている。テーブルと椅子はクッキーで作られている。

ちょこちょこ歩き回っているクマたちも、あめ玉やチョコレートなどお菓子で飾り付けられていてとても可愛らしい。

「もしかして、このまま働いていても違和感がないかもしれないわ」

ピンク色のスカートはパニエでフンワリと広がり、裾からはチョコレートのような色をしたレースが覗いている。

「ダメに決まっている！」

そんな私の考えを察したのか、オーナーが今日の衣装を持って現れた。

「……確かに、可愛いですね」

チョコミントアイスになってしまったような、ミントグリーンの地に茶色の水玉模様のワンピース。おまけに苺とリボンとレースがいっぱいのヘッドアクセサリー付きだ。

「……まったく。今まで君を飾り付ける特権は、俺だけのものだったのに」

オーナーはどこか不機嫌そうだ。

そんなオーナーは、白いスーツにミントグリーンのシャツ、チョコレートのような色のベストを着ている。

きっと、オーナーに似合わない衣装なんてないに違いない。

何を着ても人外の美貌が引き立てられるだけであることにある種の感動を覚えながら、オーナーを見つめる。

「さあ、もう開店の時間だ。着替えておいで」

「はい！」

私は今日の衣装一式を手に、更衣室へと駆け込んだのだった。


そして、カフェ・フローラの新たな店員であるクマのぬいぐるみたち。

可愛らしく飾り付けられた彼らを一目見ようと新たなお客様も増えて、店内は今日も賑やかだ。

そんな中、トレーにアイスクリームをかたどったお皿をのせる。

お皿にのっているのは、アイシングで飾られた小さなお菓子の家だ。

一緒に用意した本日のコーヒーには、やはりアイシングの花で飾られた可愛らしい角砂糖が添えられている。

「オーナー、ちょっと魔女様のところに行ってきますね？」

「ああ……。魔女様によろしく。あと、七色サクランボも少し分けてもらってくれ」

「わかりました！」

今までは、王都の路地裏を歩く必要があったけれど、今はバックヤードの扉を開くだけで簡単に魔女様の家を訪れることができる。

扉を開けると、なぜかそこは雪景色だった。

「……さ、寒い」

丈の短い半袖の衣装では、あまりに寒い。

これはいったいどういうことなのだろうか……。

そんなことを思いつつ、かかとの高い靴で滑らないよう細心の注意を払いながら、雪の中を歩いていく。

そっと叩くと自然に扉が開いた。

「入って良いわ……」

中から聞こえる魔女様の声は、どこか元気がない。

暖炉の火が消えているが、家の中は外に負けないほど寒かった。

「あの、いったいどうしたのですか……」

「とりあえず、温かい飲み物が欲しいの」

「かしこまりました。こちらを」

「ありがとう」

魔女様は私からコーヒーを受け取ると、指先を温めるようにカップを持ってそれを飲んだ。まるで、王国北端の衣装のようにモコモコの厚着をした魔女様は、コーヒーを飲み終わると指先を軽く振った。

すると次の瞬間、私はワンピースの上に温かいコートを羽織っていた。

「それ、コーヒーの対価……」

「あの、私はコーヒーをお出ししただけです。お代もいただいていますし……」

「受け取ってくれないと私が困るわ。魔女ってとっても不便なの。お金を払ってコーヒーを飲んだのは確かだけれど、極寒の中助けられた分の対価が足りないの。魔女は、何を受け取るにも等しい対価を払わなくてはいけない決まりだから」

オーナーが言っていた。強い魔法の力には、必ず代償があると。

時空魔法を使う人間が、その力に呑まれてしまうように……。

だとしたら、絶大な力を持つ魔女様はいったいどんな代償を払っているのだろう。

今この瞬間、私はその一端を垣間見《かいまみ》た気がした。

「それにしても、どうしてこんなに雪が降っているのですか？」

「……北端が夏になっても雪に閉ざされているから、助けてほしいと願われてね」

「え……。どうして、それでこんなことに」

「対価を受け取って代わりに雪を引き受けたの。でも、この場所でずっと雪を降らせることはできないわ。あと一日で止むでしょう」

震えながら白い息を吐いた魔女様は、本当に寒そうだ。

「あの、暖炉に火をくべましょうか？」

「……リティリアのそういうところ、優しくて好感が持てるけれど、対価を払うのが大変だからこのままでいいわ」

「……わかりました。明日もコーヒーを持ってきますね？」

「そうね。それはあなたとの契約の範囲内だから、助かるわ。あと、七色のサクランボが欲しいのよね。持っていきなさい。雪道で転ばないように気をつけるのよ」

「はい……」

「シルヴァによろしく……。くれぐれも不用意に魔法を使わないように伝えるのよ」

「はい。必ず伝えます」

思い出されるのは、オーナーが私の指先の怪我を治すために、とっさに魔法を使ったときのことだ。あのとき、確かに店内のクマのぬいぐるみが一斉に消えてしまった。

「失礼します」

一礼して、魔女様の家を去る。白いフワフワのコートは、魔女様の家からカフェ・フローラに入った途端に消えてしまった。

魔法の不思議さと少しの恐ろしさを感じながら、私は仕事に戻ったのだった。


「おかえり、リティリア」

「ただいま戻りました」

「どうしたんだ、鼻の頭が赤いけど……。もしかして、寒かった？」

「ええ、雪が降っていました」

「そう……。魔女殿は、また無茶なことをして願いを叶えたんだな」

顎に指先を当てたオーナーは、魔女様について考えているのだろう。

……そういえば、魔女様から言付けを預かっていたのよね。

「不用意に魔法を使わないように伝えて、と言われました」

「彼女にだけは、言われたくないな……。だけど、肝に銘じるよ」

やっぱり人外の美貌で微笑みかけてくるオーナー。

けれど、筆頭魔術師であるオーナーが抜けた穴は大きく、王国軍は苦戦を強いられているという。

いつかまた、オーナーは戦いに身を投じるのではないだろうか。

その予感を振り払うように、私は急いで仕事を再開するのだった。


――そして、仕事が終わり、バックヤードにいると裏口の扉が開いた。

そこには、黒い騎士服を着た騎士団長様がいた。

「……その制服、ものすごく可愛いな」

「ありがとうございます」

「リティリアには、どんな色合いもよく似合うな」

「……ありがとうございます。着替えてきますね」

それにしても、微笑む騎士団長様はあまりにカッコよくて、いつまで経っても見慣れない。

私はそんなことを思いながら、慌てて着替える。

「帰ろうか……」

「はい！」

騎士団長様と手を繋いで帰路に就いたのだった。

――そしてミントグリーンのドレスがクローゼットに加わっているのを発見するのは、そのわずか三日後のこと。

もちろんそのドレスも、ものすごく可愛らしいデザインだった。

カフェ・フローラの誕生

――それは、リティリアの弟、エルディス・レトリックから送られてきた手紙から始まった、想定外の『可愛いもの探し』だった。

「……レトリック男爵領への支援が打ち切られた？　そんなはず……」

魔獣討伐から帰った俺にもたらされた報せ。

しかしレトリック男爵領が魔獣と流行病のせいで危機に陥っていることはこの王国では周知の事実だ。

それでも魔獣討伐に関しては、英雄と呼ばれ始めたアーサー・ヴィランドが戦っているのだから、と傍観することにしていた。

けれど不自然な支援打ち切りに嫌な予感がして急いで調べれば、そこには王弟派の思惑が絡んでいた。

「……リティリアに望まない縁談ねぇ」

秘密裏に届けられた手紙の差出人はリティリアの弟、エルディスだ。おそらく手に入れたいのはレトリック男爵領の魔鉱石の採掘に必須である彼女の力だろう。

「うーん。リティリアを俺の手元で匿う、かぁ。それはかまわないけど」

匿うといっても、何か役割を与えなければ彼女は危険に首を突っ込んでしまいそうだ。それに、何の見返りもなく俺が助けることを受け入れないだろう。

「とりあえず、リティリアの仕事先を見つけるか」

けれど王弟まで関わっているのだ。

匿う場所は完璧に安全でなければならない。

「……うーん。リティリア、可愛い、仕事先、美味しいもの」

王都の街を眺めていると、一軒の洋菓子店が目に入った。

彼女は小さくて可愛らしいものやお菓子作りが大好きだ。

「可愛い……可愛いカフェ？」

閃《ひらめ》いたその案は、とても良いように思えてくる。可愛いカフェで可愛らしい制服を着たリティリアが、空想の中で幸せそうに笑っている。

「ふむふむ、少し見本を探しに行こうか」

時空魔法を駆使すれば、俺一人なら大陸各地へ飛ぶことも簡単だ。

「さてさて、可愛いものを探すなら」

まずは、大陸でも貿易の盛んなあの場所が良いに違いない。

ふわりと金色の光を発する魔法陣に足を踏み入れて、俺は可愛いものを探す日帰り旅へと出かけたのだった。

最初に出かけたのは、大陸の東のはずれにあるローズピンクの神殿だ。

リティリアの部屋を訪れたことがあるが、ピンクの小物が多かった。だからなのか、一番初めに浮かんだのがこの神殿だった。

すべてがローズピンクの石で作られた神殿は、繊細な幾何学模様で彩られている。

神殿の外に出れば、神殿に使われている石で作られたお土産が並んだ店が立ち並んでいた。

その中から、リティリアが好きそうなミニチュアのティーセットを購入する。

渡すタイミングがあるかはわからないが、素直に喜ぶ彼女の顔が浮かんで、思わず口元が綻ぶ。

「そう、リティリアには可愛らしいものがよく似合う」

そういえば、可愛いものといえば服や小物のデザインが得意な部下がいた。なぜなのか問い詰められそうではあるが、住むところを探していたからリティリアの護衛ついでに格安で貸せば引き受けそうだ。

「なるほど……。店舗の他に住むところも必要か」

魔獣を討伐すればするほど増える財産を持て余していたが、リティリアのために使うのであれば少しも惜しくない。

「早速、彼に会いに行くかな」

魔術師副団長スフィル・フェイセズ。前線よりも後方支援が得意な彼は、芸術の分野でも密かにその才能を発揮している。

ローブに隠しているのは、仲間と合流するための非常手段の移動用魔道具だ。

一回使うごとに最高級の魔石が必要になる。私用に使うのは望ましくないが、あとで動力源の魔石の補充をすれば良いだろう。

「真実を描く画家」

それが彼のコードネームだ。

次の瞬間、床が揺らいで彼のもとへと空間が繋がる。

「……んっ？　フェイセズは、いったいどこにいるんだ？」

明らかに通常の空間ではない場所に繋がってしまったようだ。

気がつけば俺は、招かれざる客として赤い屋根と白い壁がある小さな家の前に一人立っていたのだった。

「魔女様の家」

渇きを潤そうと自然と喉がゴクリと音を立てる。

魔女様とは知らぬ仲ではないが、対価を払えない者が訪れることを彼女は許さない。

――正確に言えば、彼女を縛る理《ことわり》がそれを許さない。

しかし、ここまで来てしまった以上後戻りすることもできない。

「あら、お久しぶりね？」

あいかわらず森の魔女様は美しい。

そして、幼い頃に出会ったときから全く変化がない。

魔女が悠久の時を過ごすというのは事実であると、時を経ても変わらないその姿が告げている。

「魔女様……お久しぶりです」

「ここにはどうして？　あなたには願いがなかったはず。……あらあら、大切なものを見つけたのね？」

魔女様がいかにも楽しそうに笑った。

「面白いことになっているじゃないの……」

「魔女様？」

「そうね、力を貸してあげるわ。そうそう、あなたの部下が居座っていて困っているの。連れて帰ってくれる？」

扉が開いたままの赤い屋根の家の中を覗くと、そこには小さなスケッチブックに一心不乱に何かを描き込む部下、フェイセズがいた。

「……部下がご迷惑をおかけしたようで」

「才能がある子は好きよ？　対価として描いてもらった肖像画、とても気に入っているの。そういえば、あなたが仕える王子様は……いえ、無事国王陛下になったのだったわね。元気？」

「元気に過ごされていますよ」

「そう……。では、対価をもらうわ……。そうね、あと少しの期間、あなたの魔力が暴走しないように、魔力を一部もらってあげましょう」

「魔女様……」

「私が何も知らないとでも？」

首をかしげた森の魔女様は、珍しいことに眉根を寄せ俺を心配しているような表情を浮かべた。

今にも荒れ狂いそうで抑え込むのに難儀していた魔力が鎮まっていく。

魔女様は濃い紫色の瞳で俺を見つめて、小さく唇の端をつり上げた。

「カフェを作りなさい。最高に可愛いカフェがいいわ。そこに、あなたの魔力を注いで不思議な空間を作るの」

「……それは」

差し出されたのは、車輪を描いたカードだ。

「……以前は渡さなかったけれど、今のあなたになら渡してもいいわ」

「魔女様……」

「そのカフェで、あなたが大事に思う彼女は笑顔を取り戻すでしょう……。そしてあなたは有事に向けて、その場所に魔力をため込むことができる。一石二鳥だと思わない？」

「……魔女様」

「そして私も退屈を紛らわせることができるから、一石三鳥。ああ、そうそう。お店の名前は、カフェ・フローラなんてどうかしら？」

いたずらっぽく笑った魔女様の美しさに目が釘付けになる。

気がつけば、今は営業していない、王都の中心部にある喫茶店の空き店舗の前にいた。

「カフェ・フローラ……」

次の日にはその店の権利を手に入れて、魔法を使って可愛らしいカフェを作り上げていた。

もちろんすべては可愛い恩人、リティリアのために……。

あとがき

Bitter knight & The sweet cafe

はじめまして氷雨そらです。

このたびは『鬼騎士団長様がキュートな乙女系カフェに毎朝コーヒーを飲みに来ます。……平凡な私を溺愛しているからって、本気ですか？　1』を手にとって、さらにあとがきまでご覧いただきありがとうございます。

まずはこの物語の始まりについて語らせてください。

この作品を書き始めたきっかけは『可愛らしいお話が書きたい』というものでした。

シリアスなお話も書くのですが、私は時々発作的に可愛らしいお話が書きたくなります。

その中でもこの『鬼カフェ』を書き始めたときの私は、ものすごく、そうものすご～く可愛らしいお話が書きたいという衝動に駆られておりました。

実は私の本業は看護師で、さらに四人の子どもがいます。

忙しい毎日の中で、可愛い物語を書くことは癒やしそのもの……。
そんなある日『可愛い物語が書きたい』と考えた瞬間脳裏に浮かんだのは、お疲れらしく目元に少々クマがあって笑うと可愛いのに周囲からは鬼騎士団長と呼ばれるような真面目堅物イケメンハイスペ騎士様がコーヒーを飲んでいる姿でした……。

そう彼は夜勤明けの看護師並み、あるいはそれ以上にお疲れで、可愛らしすぎるカフェに癒やしを求めて訪れているのです。(圧倒的共感!!)

早朝、夜警明けに訪れるのは看護師ではなくて少々強面の騎士団長様……そして、彼を笑顔で迎える可愛らしい店員。緩んだ表情、急に彼を可愛らしく見せてしまう笑み。
お店の中は最高に可愛らしい小物やお菓子であふれて、店員の衣装も最高に可愛い。さらにオーナーが格好いい。
カフェ・フローラには行ってみたい国や建物、雑貨屋さんなど夢を詰め込みました。本当にあったなら、ぜひ夜勤明けのたびに通いたいです。

そんな可愛らしい物語が書けたことに大満足だった私ですが、第1回SQEXノベル大賞でまさかの銀賞という人生最大級のご褒美をいただけるとは夢にも思いませんでした。

この場を借りて、ウェブで応援してくださった皆様にお礼申し上げます。

感想はもちろんのこと、今作ではファンアートを贈っていただく機会もあり……書いているのも読者様たちと関わるのもとても楽しい物語でした。

本当にありがとうございました。これからも作品ともども末永くよろしくお願いします!!


さて話は変わりますが、ここで素晴らしすぎるイラストについて触れたいと思います。イラストを描いてくださったのは、しょうじ様です。

ここからしょうじ様の描くイラストについて熱く語りますのでご注意ください(超早口ファンレター)。


実はしょうじ様のイラストをひと目見た瞬間から惚れ込んでしまい『どうか描いていただけますように!』と願いながら過ごしていました。

描いていただけることが決まり出来上がったイラストは私の脳内イメージの中のカフェ・フローラを色鮮やかに、さらに可愛らしく、格好良く、最高にオシャレに塗り替えてしまうほどのものでした。

小物一つ一つが本当に可愛らしいのですよね……。

小さくて可愛い物を集めたり作ったりするのが好きな私にとって、しょうじ様に描いていただいたイラストは最高のご褒美です。

さらにキャラクターたちも格好良いし可愛すぎませんか？

衣装の一つ一つが素晴らしく手が込んでいて、店内や小物のデザインも最高すぎる……。

これでまだまだ本業と子育てと執筆がんばれる……しょうじ様、ありがとうございます。


～以下、今回のイラストがどれほど素晴らしいかについてさらに語ります（編集様とのやり取りメールの一部より抜粋）～


『しょうじ様にお願いできた時点で可愛くなるのは必然だと思っていましたが、カプチーノクマ可愛すぎる。騎士団長様格好良すぎる。リティリアの衣装の細かいところまで拡大して隅々まで見てしまいました！』（長すぎるので以下略、編集様の返信も似たようなハイテンション）

～そしてメールを送ったあとの追伸～

『最後に一つだけ……リティリアのエプロンのリボンのところに小さなクマがいるのを見てしまいました。可愛すぎた』

気が付かなかった方は、表紙に戻ってぜひ見てください。可愛すぎるので……！

イラストについてはいただいた段階から何度も拡大と縮小を繰り返してしまいました。

その度に新たな発見と書き込まれた細部のこだわりを発見できる本当に緻密で美しいイラストだと思います。

リティリアとアーサーはもちろん素敵なのですが、全キャラクター素晴らしすぎてイラストについてはどこまでも語れそうです。けれど今回はこのあたりで……。

もう少しイラストの素晴らしさについて聞いても良いよという方、最新情報などX（@hisamesora）にて常時つぶやいております。ぜひフォローしてください！

格好良くて可愛くて雰囲気最高なイラストと小物や服のデザインと本自体のデザイン、最初にこの物語を書き始めたときの願いがめでたく叶って最高に可愛い本ができあがりました。

楽しんでいただけたなら、本当にうれしいです。

これからも本業である看護師の通勤時間と夜勤入りと早朝と四人の子育てのスキマ時間にバリバリ書いていきたいと思います。

最後になりますがこの物語が完成するまで本当にたくさんの方に助けていただきました。

しょうじ様、編集様、デザイナー様、関わってくださった皆様、本当にありがとうございます。

最高に可愛らしい本を作ってくださったこと、そしてここまで読んでくださった読者様に最高の感謝と感激を込めて……。

二〇二四年六月　氷雨そら

エミラーン…！
ム

あとがき

みんなにケモ耳が生えるシーンで
オーナーなら何かなぁ…と考えたら
ユニコーンが浮かびまして。(ケモ耳？)
なので、あとがきはオーナーのユニコーン耳姿です。
私が描きたかっただけです。すみません。
ではでは～☆

shoji

大人のエンタメ、ど真ん中!
SQEX ノベル 毎月7日発売
第1回
SQEXノベル大賞
銀賞
悪役にされた冷徹令嬢は王太子を守りたい
～やり直し人生で我慢をやめたら溺愛され始めた様子～
著者:阿井りいあ
イラスト:しんいし智歩
銀賞
鬼騎士団長様がキュートな乙女系カフェに毎朝コーヒーを飲みに来ます。
……平凡な私を溺愛しているからって、本気ですか?
著者:氷雨そら イラスト:しょうじ
銀賞
転生者の私は〝推し活〟するため聖女になりました!
著者:玉響なつめ
イラスト:珠梨やすゆき
金賞
ベル・プペーのスパダリ婚約
～「好みじゃない」と言われた人形姫、我慢をやめたら皇子がデレデレになった。実に愛い!～
著者:朝霧あさき
イラスト:セレン
大賞
滅亡国家のやり直し
今日から始める軍師生活
著者:ひろしたよだか
イラスト:森沢晴行
受賞作品続々刊行中!
各作品の詳細はコチラ ▶▶▶

GC
毎月12日発売
黄泉のツガイ
荒川弘
僕の呪いの吸血姫
金井千咲貴
金装のヴェルメイユ
～崖っぷち魔術師は最強の厄災と魔法世界を突き進む～
原作：天那光汰
作画：梅津葉子
戦隊レッド 異世界で冒険者になる
中吉虎吉
ワンルーム、日当たり普通、天使つき。
matoba
英雄教室
原作：新木 伸（ダッシュエックス文庫／集英社刊）　作画：岸田こあら
キャラクター原案：森沢晴行
©新木伸・森沢晴行／集英社ダッシュエックス文庫
不徳のギルド
河添太一
Monthly Shonen 月刊少年ガンガン GANGAN
毎月12日発売
●ながされて藍蘭島　●裏世界ピクニック　●とある魔術の禁書目録《インデックス》　●無能なナナ
●オウルナイト　●社畜さんは幼女幽霊に癒されたい。　●龍神の娘　●鬼殺しの我道再演
●ひねくれ騎士とふわふわ姫様　古城暮らしと小さなおうち　他

SQEX ノベル

鬼騎士団長様がキュートな乙女系カフェに毎朝コーヒーを飲みに来ます。

……平凡な私を溺愛しているからって、本気ですか？ 1

著者
氷雨そら
イラストレーター
しょうじ

2024年6月7日　初版発行

発行人
松浦克義
発行所
株式会社スクウェア・エニックス
〒160−8430
東京都新宿区新宿6−27−30　新宿イーストサイドスクエア
（お問い合わせ）スクウェア・エニックス　サポートセンター
https://sqex.to/PUB

印刷所
中央精版印刷株式会社

担当編集
齋藤芙嵯乃

装幀
楠目智宏（arcoinc）

ISBN978-4-7575-9240-7　C0093

Printed in Japan